김기주의 조선신동요선집

엮은이 **류덕제**(柳德濟, Ryu Duck-jee)

대구교육대학교 국어교육과 교수
한국아동청소년문학학회, 국어교육학회 회장 역임

「일제강점기 계급주의 아동문학의 방향전환론과 작품적 대응양상 연구」『별나라』와 『신소년』을 중심으로, 「일제강점기 아동문학가의 필명 고찰」, 「송완순의 아동문학론 연구」, 「김기주의 『조선신동요선집』 연구」 등의 논문과, 『한국 현실주의 아동문학 연구』(청동거울, 2017), 『한국 아동문학비평사 자료집(1~7)』(보고사, 2019~20) 등의 저서가 있다.

김기주의 조선신동요선집

초판 1쇄 인쇄 2020년 12월 10일
초판 1쇄 발행 2020년 12월 18일

엮 은 이   류덕제
펴 낸 이   이대현

책임편집   이태곤
편   집   문선희 권분옥 임애정 강윤경 김선예
디 자 인   안혜진 최선주
기획/마케팅   박태훈 안현진

펴 낸 곳   도서출판 역락
주   소   서울시 서초구 동광로46길 6-6 문창빌딩 2층 (우-06589)
전   화   02-3409-2055(대표), 2058(영업), 2060(편집) FAX 02-3409-2059
이 메 일   youkrack@hanmail.net
홈페이지   www.youkrackbooks.com
등   록   1999년 4월 19일 제303-2002-000014호

ISBN 979-11-6244-625-6   93810

*정가는 뒤표지에 있습니다.
*잘못된 책은 바꿔 드립니다.

이 도서의 국립중앙도서관 출판예정도서목록(CIP)은 서지정보유통지원시스템 홈페이지(http://seoji.nl.go.kr)와 국가자료종합목록 구축시스템(http://kolis-net.nl.go.kr)에서 이용하실 수 있습니다.
(CIP제어번호 : CIP2020051929)

김기주의
조선신동요선집

류덕제 엮음

昭和七年三月六日 印刷
昭和七年三月十日 發行

朝鮮新童謠選集

定價 四十錢

發著
行作
人兼

平原郡靑山面審院里二七五

金 基 柱

印刷所

平壤府新陽里一五〇

紀 新 社

印刷者

平壤府新陽里一五〇

金 健 永

發行所

平壤府景昌里八五
電話一一五二番
振替京城四二九五

東 光 書 店

역락

『조선신동요선집』을 간행하면서

『조선신동요선집(朝鮮新童謠選集)』은 김기주가 1932년 3월에 평양의 동광서점이란 출판사에서 발간하였다. 1929년 1월 조선동요연구협회에서 발간한 『조선동요선집』(박문서관)보다 더 많은 작품을 수록하였다. 둘다 '제1집'이라 한 것으로 보아 잇달아 발간하려고 한 모양이나 여러 형편으로 계속되지 못했다. 『조선동요선집』은 일본의 동요시인회(童謠詩人會)가 편찬한 『일본동요집(日本童謠集)』(1925년판과 1926년판)에 자극받은 것으로 보인다. 『일본동요집』에는 '동요연감', '동요 작품표'라는 부록을 통해 연대별로 발표된 동요 작품목록을 제시해 놓았는데 『조선동요선집』에는 빠져 있다. 『조선신동요선집』에도 연대별 작품목록이 없기는 마찬가지다. 당시 동요 연보가 작성되었다면 오늘날 일제강점기의 동요 작가와 작품을 확인하는 데 많은 도움이 되었을 것이란 생각이 들어 아쉬움이 크다.

『조선신동요선집』은 평안남도 평원군 청산면에 사는 김기주가 혼자서 편찬하였다는 것이 놀랍다. 당시 동요 발표의 주 무대는 신문의 학예면과 잡지인데 대부분이 경성(京城)에 있었다는 점에서 김기주로서는 작품을 수집하는 데 어려움이 컸을 것이기 때문이다.

오랫동안 『조선신동요선집』을 찾기 위해 노력했으나 소장처를 알수 없었다. 일제강점기의 동요 작가 유재형(柳在衡)에 관한 자료를 찾다가 자제인 유종호(柳宗鎬) 선생이 이 책을 소장하고 있다는 것을 알게 되었다. 하지만 뒷부분 20여 장이 결락된 파본이었다. 시카고대학교 도서관에도 한 권이 소장되어 있다는 것을 알고, 동아시아 언어문화학과(East Asian Languages & Civilizations) 최경희 교수의 도움을 받아 입수할 수 있었다. 이 둘을 결합해 『조선신동요선집』 영인본을 간행한다. 두 분 선생님의 도움에 깊이 감사드린다.

이해를 돕기 위해 해제 성격의 「일제강점기 동요 앤솔러지 『조선신동요선집』」과 「『조선신동요선집』 수록 작품 출처」, 그리고 책이 발간된 당시 주요한(朱耀翰)과 김병호(金炳昊)의 서평을 함께 싣는다.

2020년 11월 20일
류덕제

차례

일러두기

1. 『김기주의 조선신동요선집』은 「일제강점기 동요 앤솔러지 『조선신동요선집』」, 『『조선신동요선집』 수록 작품 출처』, 『『조선신동요선집』 서평』, 『『조선신동요선집』 영인』으로 구성하였다.

2. 제본은 좌철(左綴) 방식을 취하되, 『조선신동요선집』 영인(影印) 부분은 우철(右綴) 방식인 원본을 따랐다. 따라서 영인 부분은 책의 뒤쪽부터 시작하였다.

3. 「일제강점기 동요 앤솔러지 『조선신동요선집』」과 『『조선신동요선집』 수록 작품 출처』의 인용문과 작품명은 원문을 따르되('거믜', '할미꼿', '형대' 등) 한자는 한글로 바꾸었다. 의미 전달을 위해 필요한 경우 괄호 속에 한자를 병기하였다.

明子新書品選集

일제강점기 동요 앤솔러지 『조선신동요선집』 [*]

류덕제

I. 『조선신동요선집』의 발간 경위와 수록 작품 선정

1. 『조선신동요선집』의 편자 김기주

『조선신동요선집(朝鮮新童謠選集)』의 편자는 김기주(金基柱)다. 김기주의 호는 춘재(春齋)다. 『조선신동요선집』의 겉표지에는 "春齋 金基柱 編", 속표지에는 "春齋 編"이라 한 데서 확인된다. 춘제(春齊)로 표기된 곳도 있으나 '春齋'의 오식이다.[01] 김기주의 출생지는 평안남도 평원군 청산면 구원리(平安南道 平原郡 靑山面 舊院里)다. 『매일신보』가 전래동요를 모집할 때 평안남도 평원 지역의 전래동요를 기보(寄報)할 때, 그리고 「동무소식」에서 밝힌 주소와 동일하다.[02]

---

[*] 이 글은 류덕제의 「김기주의 『조선신동요선집』 연구」(『아동청소년문학연구』 제23호, 2018.12)를 기반으로 하여 '해제'의 성격에 맞게 새로 집필하였다. 『일본동요집』 관련 내용은 새로 추가했고, 그 외에도 내용을 추가하거나 수정한 것이 많다.

[01] 「문예광(文藝狂) 집필가 방명」(『문예광』 창간호, 1930년 2월 10일 발행, 2쪽)에 "金基柱 春齊 平南 平原"이라 하였다. 『조선신동요선집』의 표지에는 "春齋 金基柱 編", 속표지에는 "春齋 編"이라 되어 있다.

[02] 「전래동요(平原)」(『매일신보』, 1930.9.24), 「동무소식」(『매일신보』, 1930.12.25).

1920년대 김기주의 활동은 다양하다. 1920년 7월 10일 창립된 평원청년구락부(平原靑年俱樂部)의 총무로 선임되었다.[03] 당시 전국적으로 청년운동이나 소년운동이 활발하게 전개되었는데 김기주도 출생지인 평원에서 같은 활동을 하고 있었다. 1923년에는 민립대학(民立大學) 발기인으로 참여하기도 하였다.[04] 1920년 6월 한규설(韓圭卨), 이상재(李商在) 등 100명이 조선교육회 설립 발기회를 개최하면서 민립대학 설립 운동이 시작되었다. 1922년 1월 조선민립대학기성준비회를 결성하고, 1923년 3월 29일 발기인 1,170명 중 462명이 참석한 가운데 조선중앙기독교청년회관에서 3일간에 걸쳐 총회를 개최하였다. 이후 조선총독부의 탄압으로 실패하고 말았다. 당시 『동아일보』는 사설과 기사를 통해 민립대학 설립 운동을 뒷받침했다.[05] 1924년 6월 22일에는 평원군 숙천명륜당(肅川明倫堂)에서 열린 '유림강연회(儒林講演會)'에서 김기주가 강연을 한 바 있다.[06] 1934년 평안남도 안주군(安州郡)에 안주고보(安州高普) 설립을 위해 의연금을 모금할 때 20원을 출연하기도 하였다.[07] 김기주의 학력은 확인하지 못했다.

---

03 「평원청년구락부」, 『동아일보』, 1920. 7. 17.

04 「민대(民大) 발기인 — 또 네 곳에서 선발」, 『동아일보』, 1923. 2. 18.

05 김호일, 「일제하 민립대학 설립운동에 대한 일고찰」(『중앙사론』 제1호, 한국중앙사학회, 1972), 우윤중, 「민립대학 설립운동의 주체와 성격 — 민립대학기성준비회를 중심으로」(성균관대학교 사학과 석사논문, 2016. 2), 「민립대학준비회 포고문」(『조선일보』, 1922. 12. 7), 「(사설)민립대학에 대한 각지의 열성 — 철저를 희망」(『동아일보』, 1923. 1. 14), 「(사설)민립대학 발기총회 회원 제씨에게」(『조선일보』, 1923. 3. 17), 「금일 민립대학 발기총회 — 하오 1시부터 종로청년회관에서」(『동아일보』, 1923. 3. 29), 「(사설)민립대학 기성회와 행정당국 — 당국에 일고를 촉(促)하노라」(『조선일보』, 1923. 9. 7), 「민립대학설립운동」(『한국민족문화대백과사전』) 참조.

06 「(집회와 강연)유림강연회」, 『시대일보』, 1924. 6. 26.

07 「답지하는 고보 의연 — 7만 1천원 돌파」, 『매일신보』, 1935. 6. 26.

일제강점기에 창가(唱歌)를 극복하고자 한 신흥동요운동이 활발하게 전개되자 1920년대 후반부터 1930년대 초반까지 신문들은 앞다투어 동요를 게재하였다. 이 시기 소년문사들 중에는 일시적으로 몇 편의 작품을 발표하고는 이후 활동이 확인되지 않는 경우가 허다하였다. 여기에 견주어 보면 김기주의 창작활동은 적지 않은 편이다. 현재까지 동요 36편, 시 2편, 평론 1편, 잡문 1편을 창작한 것과, 전래동요 8편을 기보(寄報)한 것이 확인된다.

김기주의 작품 활동은 여러 매체에 걸쳐 있다. 『매일신보』에 24편, 『조선일보』에 10편, 『동아일보』와 『중앙일보』에 각 1편, 잡지 『소년조선』에 3편, 『문예광』에 2편 등이 실려 있다. 『조선신동요선집』에는 3편의 동요가 수록되어 있다.[08] 여러 신문과 잡지에 작품을 발표하였지만, 당대 대표적인 아동문학 잡지 『어린이』, 『신소년』, 『아이생활』, 『별나라』에 발표된 작품은 전혀 발견되지 않는다. 작품 활동 기간은 1928년부터 1941년까지에 걸쳐 있으나, 중심 활동 기간은 1930년부터 1932년까지 2년 반 정도가 된다.

김기주의 작품은 당대 평자들로부터 크게 관심을 받은 것 같지 않다. 남석종(南夕鍾), 정윤환(鄭潤煥), 김병하(金秉河) 등이 총평을 할 때 언급을 하기는 했다.[09] 그러나 작가에 대한 당대의 활동 및 평판과 작품의 질적 수준이 선별의 기준이 되었을 동요선집에는 자신이 편찬한 『조선

---

08 「봄동산」(19쪽), 「할미꽃」(『조선일보』, 1930.4.15; 42쪽), 「가을밤」(『조선일보』, 1931.10.24; 157쪽) 등 3편이다. 「봄동산」은 당초 발표된 매체를 찾지 못했다.

09 남석종의 「『매신(每申)』동요 10월평(4)」(『매일신보』, 1930.11.15), 정윤환의 「1930년 소년문단 회고(2)」(『매일신보』, 1931.2.19), 김병하의 「박물(博物)동요 연구 ─ 식물개설편(16)」(『조선중앙일보』, 1935.2.24), 「박물동요연구 ─ 식물개설편(20)」(『조선중앙일보』, 1935.3.9)

신동요선집』을 제외하고는 어디에도 그의 작품이 수록된 예가 없다. 해방 후에 발간된 정태병(鄭泰炳)의 『조선동요전집 1』[10]에 「잔물ㅅ결」과 「가을ㅅ밤」 2편이 수록되어 있어 당대적 관심과는 달랐다.

일제강점기 동요 작가 가운데는 웬만한 필력을 갖춘 경우 다수의 평론을 발표하였다. 동요집을 편찬할 정도라면 더더욱 그러하다. 그러나 김기주의 평론은 단 한 편이 확인된다. 경남 남해(南海)의 정윤환(鄭潤煥)이 쓴 「1930년 소년문단 회고(전2회)」(『매일신보』, 1931. 2. 18~19)에 대한 반박문 「1930년에 대한 '소년문단 회고'를 보고 ― 정윤환(鄭潤煥) 군에게 주는 박문(駁文)(전2회)」(『매일신보』, 1931. 3. 1~3)이 그것이다. 집필 이유는 "권위 있는 이론의 수립을 옹호하기 위"[11]해서라 하였다. 그렇다면 정윤환의 글에 무슨 잘못이 있다는 것인가? 다음과 같이 지적하였다.

> 도라보건대 과거 1930년에 우리 소년문단은 다른 부문보다 비교적 얼마즘 새로운 발전의 이채를 발휘하야슴에도 불구하고 습관적 구형(舊型)의 언사(言詞)로서 언필칭 침묵이니 퇴보니 밉살스럽게 써들며 맹목적 소주관(小主觀)에 편견으로 장황하게 그야말노 웅필(雄筆)을 휘두름에는 누구나 보는 사람으로 하여금 불앙(不怏)한 감상과 요절의 통탄을 마지안이 하여슬 것이다. 만일 정(鄭) 군의 호언한 바와 사실이 갓다면 얼마나 우리의 문단의 정경(情境)이 비참하고 불행할 것이랴. 그러나 그것은 정(鄭) 군의 경박한 태도와 편협한 소주관적

---

10 정태병, 『조선동요전집 1』, 신성문화사, 1946.

11 김기주, 「1930년에 대한 '소년문단 회고'를 보고 ― 정윤환 군에게 주는 박문(2)」, 『매일신보』, 1931. 3. 3.

견지에서 나려 본 무식이 <u>우리 1930년의 문단을 그러케 억</u>
<u>울한 탈을 씨운 것이지 결코 정(鄭) 군의 경솔한 행동 그대로</u>
<u>의 침묵과 퇴보를 현출한 그것은 안이엿다.</u>[12] (밑줄 필자)

    1930년대 초반의 소년문단을 두고 침묵과 퇴보라 한 정윤환의 평가는 분명 정확하다 하기 어렵다. 1930년에 들면서 동요는 더 많은 작가들이 출현하여 작품 양이 늘어난 것이 사실이라, '침묵과 퇴보'란 평가와는 오히려 반대다. 정윤환의 비평문은 동요 부문을 '지도자', '기성작가', '신진작가'로 나누고, 동화 부문은 '소설계'라 하여 당대 작가들을 망라하다시피 논평하였다. 글의 말미에 "지도자이고 작가이고 너무나 소년문예운동에 무책임하다."[13]라고 한 것과 같이 대체로 부정적인 평가로 귀결되었다. 평가의 근거가 뚜렷이 제시된 것은 없고 인상비평적인 호오만 구분하였다. 이는 비단 정윤환에게 있어서만 그러했던 것이 아니므로 당대 비평의 수준을 말한다 할 수 있다. 공격에는 반박이 있게 마련인데, "전식(田植), 김기주(金基柱), 이화룡(李華龍) 군들의 난필적(亂筆的) 동요가 혹 보힌다."라고 하여 신진작가로 분류된 김기주는 '난필적 동요'를 쓰는 유치한 수준으로 평가된 것이다. '난필적'이란 "되나 안 되나 발표하는 작품"이란 뜻이다.[14] 김기주가 유일한 비평문을 쓴 것에는 자신에 대한 부정적 평가에서 촉발된 반박의 성격이 없지 않았다. 일제강점기 문단의 비평이 대체로 논쟁 형태였는데, 그 양상은 부정적 평가와 그

---

12 김기주, 「1930년에 대한 '소년문단 회고'를 보고 ― 정윤환 군에게 주는 박문(1)」, 『매일신보』, 1931. 3. 1.

13 정윤환, 「1930 소년문단 회고(2)」, 『매일신보』, 1931. 2. 19.

14 정윤환, 위의 글.

에 대한 당사자의 반박 형태로 전개된 것이 많았다. 논쟁이 감정싸움으로 비화되기도 하였으나, 김기주는 '권위 있는 이론의 수립'이란 명분을 빌려 정윤환을 공박할 만하였다. 그만큼 정윤환의 글은 사실 확인이 되지 않은 데다, 논리가 거칠고 인상적 평가에 머물렀던 까닭이었다. 정윤환이나 김기주는 이 한 편 이외에 더는 비평문을 쓰지 않았다.

현재까지 확인한 김기주의 작품은 아래와 같다.

이름	작품	갈래	발표지	발표연월일
평원 김기주	첫녀름	작문	소년조선	1928.6-7월 합호
평원 김기주	거믜	동요	소년조선	1928.8
평원 김기주	아츰	동요	소년조선	1928.9
평원 김기주	거믜(『소년조선』작품과 동일작)	동요	새벗	1928.9
평원본 김기주	산양	동요	소년조선	1929.1
김기주	무지개	동요	조선일보	1929.7.13
김기주	농촌의 황혼	시	문예광	1930.2
김기주	동무여!	시	문예광	1930.2
김기주	할미꽃	동요	조선일보	1930.4.15
김기주	개고리	동요	조선일보	1930.4.15
김기주	즐거운 봄	동요	조선일보	1930.4.17
김기주	우리 애기	동요	조선일보	1930.5.16
김기주	잔물결	동요	조선일보	1930.8.21
김기주	반듸불 아가씨	동요	매일신보	1930.9.6
김기주 기보	평원(平原) (솔개미/목욕노래/명주돌듸/산수/우리엄마/형데/센 늙은이/찰쩍)	전래동요	매일신보	1930.9.24
김기주	시냇물	동요	매일신보	1930.10.12
김기주	락엽!	동요	매일신보	1930.10.12
김기주	외가 가신 어머님	동요	매일신보	1930.10.19

평원 김기주	시계	동요	매일신보	1930. 10. 26
김기주	은이슬	동요	매일신보	1930. 10. 28
김기주	잔물결	동요	매일신보	1930. 11. 14
김기주	뒷집 주북이	동요	매일신보	1930. 11. 14
김기주	빗땀이	동요	조선일보	1930. 11. 21
김기주	눈	동요	매일신보	1930. 11. 23
김기주	눈	동요	매일신보	1930. 11. 26
김기주	부자 아들	동요	조선일보	1930. 11. 28
김기주	소리개	동요	매일신보	1930. 12. 16
김기주	기럭이	동요	매일신보	1930. 12. 17
김기주	동요4편: 귀쑤람이	동요	매일신보	1930. 12. 18
김기주	동요4편: 서리	동요	매일신보	1930. 12. 18
김기주	동요4편: 눈꽃	동요	매일신보	1930. 12. 18
김기주	동요4편: 코스머스	동요	매일신보	1930. 12. 18
김기주	저녁 햇님	동요	매일신보	1930. 12. 19
김기주	평평이	동요	매일신보	1930. 12. 20
평원군 김기주	친밀(親密)	잡문	매일신보	1931. 1. 3
김기주	봄	동요	매일신보	1931. 1. 22
김기주	1930년에 대한 '소년문단 회고'를 보고—정윤환(鄭潤煥) 군에게 주는 박문(駁文)(전2회)	평론	매일신보	1931. 3. 1~3
김기주	가을밤	동요	조선일보	1931. 10. 24
춘재(春齋)	할미꽃	동요	조선신동요선집	1932. 3
김춘재	가을밤	동요	조선신동요선집	1932. 3
춘재(春齋)	봄동산	동요	조선신동요선집	1932. 3
김기주	봄비	동요	중앙일보	1932. 4. 25
평원 김기주	봄	동요	조선일보	1932. 4. 26
김기주	새봄의 노래	동요	조선일보	1932. 5. 17

김기주	할미꽃(金基柱 謠, 朴泰鉉 曲)	동요곡	동아일보	1940. 6. 9
김기주	개고리	동요	매일신보	1941. 5. 19
김기주	잔물ㅅ결	동요	조선동요전집	1946. 4. 10
김기주	가을ㅅ밤	동요	조선동요전집	1946. 4. 10
김기주	시계(金基柱 謠, 金永煥 曲)	동요곡	조선동요백곡선	1946. 10. 1

2. 『조선신동요선집』의 발간 경위

1920년대 초중반에 『어린이』(1923. 3), 『신소년』(1923. 10), 『아희생활』(1926. 3), 『별나라』(1926. 6) 등 아동문학 잡지들이 우후죽순 격으로 창간되었다. 지면을 채울 작가들이 충분하지 않아 대부분 '소년문사'들의 작품을 다수 게재하는 투고잡지의 성격을 띠었다.[15] 한때 소년문예운동을 방지해야 한다고 할 만큼[16] 전국 각지에서 작품을 투고하였다. 가히 동요의 시대라 할 만했다.

---

[15] 일본에서도 1887년에 창간된 부인 계몽지 『이라쓰메(以良都女)』를 시작으로, 메이지(明治) 20년대(1887~1896)에 『少年園』, 『文庫』, 『青年文』, 『新声』 등이 투서란을 두고 발간되었다. 1918년에 창간된 아동잡지 『빨간새(赤い鳥)』도 어린이들의 투서란을 통해 요다 준이치(与田準一), 쓰보타 조지(坪田讓治), 니이미 난키치(新美南吉), 쓰카하라 겐지로(塚原健二郎), 히라쓰카 다케지(平塚武二) 등 아동문학의 우수한 신인 다수를 배출하였다. (小学館, 『日本大百科全書(ニッポニカ)』의 '投書雑誌' 항 참조)

[16] 최영택(崔永澤)이 「소년문예운동 방지론 — 특히 지도자에게 일고를 촉(促)함(전5회)」(『중외일보』 1927. 4. 17~23)을 발표하자, 유봉조(劉鳳朝)가 「소년문예운동 방지론을 닑고(전4회)」(『중외일보』 1927. 5. 29~6. 2)을 통해 반론하자 다시 최영택(崔永澤)이 「내가 쓴 소년문예운동 방지론(전3회)」(『중외일보』 1927. 6. 20~22)으로 재반론을 하고, 여기에 민병휘(閔丙徽)가 「소년문예운동 방지론을 배격(전2회)」(『중외일보』 1927. 7. 1~2)을 발표해 논쟁으로 이어졌다.

작품이 늘어나자 동요집도 발간되었다. 개인의 작품을 모은 것도 있었지만, 여러 사람의 작품을 모은 앤솔러지(anthology) 형태의 선집(選集)도 잇달아 출간되었다.

1927년 장미사에서 동요집『장미꽃』, 개성(開城)〈고려소년회〉에서 동요집 발간, 대구(大邱) 등대사에서『가나리아의 노래』(이후『파랑새』로 책명 변경), 1930년 유기춘(柳基春)이『소년소녀동요집』등을 발간한다 하였으나[17] 실제 발간 여부는 확인되지 않는다.

1926년 추파 문병찬(秋波 文秉讚)이 편찬하여〈청구소년회〉에서 발행한『조선소년소녀동요집』, 1927년에 1922년경부터 1927년경까지 소년소녀들이 창작한 동요 150여 수를 모은『소년동요집』(신소년사)과 조선총독부 편수서기 이원규(李源圭)가『아동낙원』(조선동요연구회)이란 동요 동시집을 발간하였다 하나 현재 실물을 확인할 수 없다.[18]

현재 확인할 수 있는 동요선집은 1928년 경남 남해(南海)에서 정창원(鄭昌元)이 편찬한『동요집』(三志社, 1928.9.5. 발행)이 가장 앞선다. 그다음은〈조선동요연구협회〉가 편찬한『조선동요선집』(博文書舘, 1929.1.31. 발

---

17 「동요집『장미꽃』원고모집 — 장미사에서」,『매일신보』, 1927.5.13.
　　　「동요집 발행 — 고려소년회(高麗少年會)에서」,『조선일보』, 1927.3.14.
　　　「창작동요모집」,『소년계』제2권 제5호, 1927년 5월호, 19쪽.
　　　「(어린이 소식)등대사(燈臺社) 동화집」,『동아일보』, 1927.6.3. '동화집'은 '동요집'의 오식이다.
　　　「동무소식」,『매일신보』, 1930.9.13.

18 「동요집 발행 — 청구소년회에서」(『매일신보』, 1926.5.13), 「조선소년소녀동요집」(『신진소년』, 제2권 제3호, 1926년 6월호)
　　　「소년동요집」,『신소년』, 1927년 6월호.
　　　「(신간소개)아동낙원」(『동아일보』, 1927.7.6), 「(신간소개)동시동요집 아동낙원(鳥卷)」(『중외일보』, 1927.7.7)

행)¹⁹이 될 것이다. 1931년 '푸로레타리아 동요집'임을 명시하고 계급의
식을 노골적으로 드러낸 동요선집『불별』(중앙인서관, 1931.3.10. 발행)이『신
소년』을 주관하던 신명균(申明均)에 의해 발간되었다.

1932년에 발간된『조선신동요선집』은 이들 동요선집에 이어서 발
간된 것이다. 김기주의『조선신동요선집』에 이어 발간된 동요선집으로
는 박기혁(朴璣爀)이 편찬한『색진주(色眞珠)』(활문사, 1933)와, 임홍은(林鴻
恩)이 편찬한『아기네동산』(아이생활사, 1938), 그리고 윤석중(尹石重)이 편찬
한『조선아동문학집』(조선일보사출판부, 1938)이 있다.『아기네동산』과『조
선아동문학집』은 엄밀히 말해 동요선집은 아니다. 동요, 동화 등 아동문
학을 망라하고 있기 때문이다.

앞에서 여러 사람이 동요집을 발간한다 하였으면서도 결국 유야무
야되고 만 경우를 언급하였다. 김기주도 동요집을 발간하기 위해 아동
문학 잡지나 신문에 작품 투고를 요청한 것은 다른 사람의 경우와 비슷
하였다. 김기주는 여러 차례에 걸쳐 신문과 잡지의 독자란을 통해 작품
모집을 알렸다.

> ① ◀시유엄한(時維嚴寒)에 귀사의 축일(逐日)발전하심을 앙
> 축하오며 금반 여러 동지들의 열々하신 후원으로 하야금
> 『신진동요집』을 발행코저 하오나 밧부신데 미안하오니 이
> 사업을 살피시는 넓으신 마음으로서 귀사의 집필하시는 선
> 생님과 밋 여러 투고자의 좌기(左記) 씨명(氏名)의 현주소를

---

19 『조선동요선집』과『조선신동요선집』의 이름이 유사해『조선동요선집』(1929)'과 같이 표기해
구분하도록 하겠다.

별지에 기입하야 속히 혜송(惠送)하와 주심을 간절히 바라옵
고 압흐로 더욱 만흔 원조를 비옵니다.

기(記)

유석운(柳夕雲) 한춘혜(韓春惠) 김상묵(金向默)

허용심(許龍心) 소월(小月) 정동식(鄭東植)

엄창섭(嚴昌燮) 김병순(金炳淳) 김준홍(金俊洪)

박호연(朴鎬淵) 유희각(柳熙恪) 김춘강(金春岡)

1930년 12월 일 신진동요집준비회 김기주(金基柱) 백(白)[20]

② ◀몬저 예고하엿든 『新進童謠選集』을 여러 선생님들의
요구에 의하야 다시 『朝鮮童謠選集』으로 개제하고 싸라서
내용도 일층 충실하게 발행케 되엿싸오니 일반 여러 동지들
은 더욱이 기회를 일치 말고 옥고를 닷투어 보내주기를 바라
나이다.(平原郡 靑山面 舊院里 金基柱)[21]

③ (전략) 그리하야 위선 여러 동무들을 본위로 순진한 심정
에서 울너나온 참된 노래를 널니 모아서 『全朝鮮童謠集』을
새로 싸내고저 하며 더 한거름 나아가 여러 동무들의 힘을
합하야 우리의 유일한 기관지를 발행하고저 미리 여러분 압
헤 이 신년을 당하야 굿게 약속하여 둡니다.[22]

④ ◀오랫동안 준비 중이든 『朝鮮童謠選集』은 일반 사계(斯
界) 여러 동지들의 만흔 후원으로서 전선(全鮮)문사의 작품을
수집하야 원고를 2월 15일부로 당국에 제출하엿습니다. 기

20　일기자, 「동무소식」, 『매일신보』, 1930. 12. 12.

21　「동무소식」, 『매일신보』, 1930. 12. 25.

22　김기주, 「친밀: 지상 '어린이' 간친회 — 주최 매일신보사 학예부, 제2일」, 『매일신보』,
1931. 1. 3.

한 후에 보내주신 분들의 작품을 못 실니여 죄송하오며 아울 너 옥고를 보내주신 제씨에게 일일히 수사(修謝)치 못하와 심히 미안합니다. 그리고 해(該)동요집 발행을 위하야 만히 힘써 주신 여러 형제께 특히 감사함을 마지안습니다. 【朝鮮童謠選集 準備會 金基柱】[23]

⑤ ◀동무들이여 ─ 깃버하시요. 그리고 닷투어 투고하시요. 이번 새로운 방책으로 발행코저 하는 『新進童謠集』은 가장 여러 동무들의 신망이 놉흘 터이오니 일반 동무들은 서로서로 주옥(珠玉)을 앗기지 말고 좌기 당소(左記當所)로 쌜니 투고하야 당선의 영광을 갓티 밧으십시요. (平原郡 靑山面 舊院里 金基柱)[24]

처음 작품을 모집한다는 것을 알린 것은 ①로 보아 1930년 12월이다. 김기주 자신이 자주 투고를 하던 『매일신보』의 독자란인 「동무소식」을 통해서였다. "귀사의 집필하시는 선생님과 밋 여러 투고자"들이라며, "유석운, 한춘혜, 김상묵, 허용심, 소월, 정동식, 엄창섭, 김병순, 김준홍, 박호연, 유희각, 김춘강"[25] 등 12명에게 전달해 달라고 하였다. 이들 12명은 그 당시 『매일신보』에 왕성하게 투고를 하던 사람들이었다.

①~⑤의 인용문에서 보듯이 동요집의 이름은 여러 번 바뀌었다. 위 ①의 인용문을 보면 처음에는 『신진동요집』이었다. 그러나 열흘쯤 뒤에는 "여러 선생님들의 요구"라며 『조선동요선집』으로 개제한다고 알렸

---

23 김기주, 「동무소식」, 『매일신보』, 1931. 2. 27.

24 김기주, 「독자구락부」, 『아희생활』, 제6권 제2호, 1931년 2월호, 61쪽.

25 일기자, 「동무소식」, 『매일신보』, 1930. 12. 12.

다. 그런데 1929년 1월에 〈조선동요연구협회〉가 이미 같은 이름으로 동요선집을 발간한 바 있다. 그래서인지 ③을 보면 1931년 신년 초두에 "『전조선동요집』"을 편집하겠다고 밝혀 동요집의 이름이 다시 바뀌었다. ④와 ⑤를 보면 이후에도 몇 번 동요집의 이름이 바뀌었음을 알 수 있다. 1931년 2월 25일에 그간 모은 원고를 당국에 제출하여 검열을 받을 때는 다시 동요집의 이름이 『조선동요선집』으로 되돌아갔다. 비슷한 시기로 가늠되는데 『아이생활』에는 다시 제일 처음의 이름이었던 『신진동요집』으로 환원해 어리둥절하게 만들었다. 이름이 뒤죽박죽 바뀌는 것도 그렇고, 원고 수집을 마감하여 당국에 검열을 받기 위해 제출하였다고 해 놓고 다시 '가장 여러 동무들의 신망이 높흘 터이오니 일반 동무들은 서로서로 주옥(珠玉)을 앗기지 말고 좌기 당소(左記當所)로 쌜니 투고하야 당선의 영광'을 받으라고 해 혼란스러웠다.

우여곡절 끝에 책명은 "新" 자를 더해 최종적으로 『조선신동요선집(朝鮮新童謠選集)』이 되었다. 1932년 3월 8일 자로 납본을 한 것으로 확인된다. 1932년 3월에 평양(平壤)의 동광서점(東光書店)에서 발간하였다.[26]

현재 이 책은 국내 공공도서관에는 소장된 곳이 없는 것으로 보인다. 개인 장서로는 하동호(河東鎬)의 저서에 언급이 되어 있고 그 외에는

---

26 당시 『조선신동요선집』 발간과 관련된 사실을 전한 기사는 다음과 같다.
「출판일보」(『동아일보』, 1932.3.24)에 "3월 8일(화) 납본"이라 하고, '조선문'으로 된 책 가운데 "조선어동요선집 제1집 김기주"라 하였다. 책명의 '어(語)'는 '신(新)'의 오식이다.
「(신간소개)조선신동요선집 제1집」(『동아일보』, 1932.5.3)
주요한, 「독서실 ―『조선신동요선집 제1집』 김기주 편」(『동광』 제34호, 1932년 6월호)
「컬럼비아 대학 조선도서관 기증도서 ― 본사 서무부 접수」(『동아일보』, 1932.9.7)에 기증도서 여럿 가운데 "1. 조선신동요선집 1책 평원군 청산면 구원리 김기주"라 하였다.
김병호, 「조선신동요선집을 읽고」(『신소년』, 1932년 7월호)

확인이 된 바 없다.[27] 1931년경 미국 컬럼비아대학(Columbia University)에서 '조선도서관(朝鮮圖書館)'을 개관하려 하자 『동아일보』가 이에 호응하여 기증도서를 수집하였는데, 그 목록에 김기주의 『조선신동요선집』 1책도 포함되어 있었다.[28]

3. 『조선신동요선집』의 구성과 작가 및 작품 선정

가) 『조선신동요선집』의 구성

『조선신동요선집』은 표지, 속표지, 서문, 목차, 본문, 부록 그리고 판권지로 구성되어 있다. 겉표지에는 책명을 도안글자로 해 세로로 표기하였고, 속표지에는 책명, 편자, 출판사(출판지)와 발간 시기인 '1932·봄'을 밝혀 놓았다. 이 외에도 겉표지와 속표지에 거듭 '제1집'임을 밝힌 것으로 보아 제2집, 제3집 등 후속하여 발간할 의도가 있었던 것으로 보인다. 『조선동요선집』(1929)도 '1928년판'이라 하여 "매년 발간의 계획"이 있었으나 재정문제와 간부가 지방에 있는 관계 등으로 성사되지 못하였다.[29] 『조선신동요선집』도 후속 발간이 없었는데 비슷한 이유였을 것으

---

27 하동호(河東鎬)의 「현대문학 전적의 서지고 — 1919~45년을 중심으로」(『한국근대문학의 서지연구』, 깊은샘, 1981, 29쪽)에 "김기주 편: 조선신동요집 제1집(1932.3)"이라고 소재를 확인하였다. 책명은 "조선신동요선집 제1집"의 오식이다. 문화체육관광부의 정책 브리핑에 따르면 하동호 선생의 자료는 국립한국문학관에 기증된 것으로 밝혀졌다. (「국립한국문학관 법인 설립」, 문화체육관광부, 2019. 4. 25)

28 「컬럼비아 대학 조선도서관 기증도서 — 본사 서무부 접수」, 『동아일보』, 1932. 8. 7.
그러나 현재 컬럼비아대학 도서관에는 이 책이 소장되어 있지 않고, 시카고대학(The University of Chicago) 도서관에 한 권이 소장되어 있다. (http://pi.lib.uchicago.edu/1001/cat/bib/6110474)

29 김태오, 「소년문예운동의 당면에 임무(3)」, 『조선일보』, 1931. 1. 31.

로 보인다.

서문은 총 3쪽으로 최청곡(崔青谷)과 홍난파(洪蘭坡), 그리고 김기주의 자서가 있다. 최청곡은 "우리들 세상에 가장 크고 위대하고 가치 잇는 수획(收獲)"이며 "우리들 조선에서 가장 듬은 사업"이라 하였고, 홍난파는 "재래의 모든 작품을 정리혜 볼 필요"가 있는 터에 "시기에 가장 득의(得宜)한 것"이라고 칭찬하며 추천하였다.[30] 김기주는 "우리 어린이들에게 좀 더 어엽부고 유익한 참된 동요를 부러주기 위"해 선집을 편찬하였다고 그 의도를 밝혔다.

목차는 수록 순서에 따라 작품과 작가 그리고 수록이 된 쪽을 밝혀 놓았는데, 새로 쪽 번호를 부여해 전체 10쪽에 달한다. 본문은 작품명, 작가, 작품의 순서로 제시하였는데, 작품의 길이와 무관하게 모두 하나의 작품은 하나의 쪽에 담았다. 본문도 새로 쪽 번호를 부여하였는데 전체 203쪽이므로 수록된 작품이 203편이 된다. 수록 작가는 123명이다.

앞서 발간된 동요선집들과 『조선신동요선집』을 비교해 볼 때 수록 작가와 작품 수에 있어 다음과 같은 차이가 있다. 정창원의 『동요집』에는 창작동요 92편, 동화시 3편, 동요극 1편이 수록되어 있다. 〈조선동요연구협회〉의 『조선동요선집』(1929)은 92명의 창작동요 181편을 수록하였다.[31] 『불별』은 김병호(金炳昊), 양창준(梁昌俊 = 梁雨庭), 이석봉(李錫鳳

김태오, 「동요예술의 이론과 실제(5)」 『조선중앙일보』, 1934. 7. 6.

30 최청곡, 「서」, 김기주 편, 『조선신동요선집 제1집』, 평양: 동광서점, 1932. 3, 1쪽.
홍난파, 「서」, 김기주 편, 『조선신동요선집 제1집』, 평양: 동광서점, 1932. 3, 2쪽.

31 목차에 나타난 작가 수는 93명이지만, 홍난파(洪蘭坡)의 「할미꽃」은 윤극영(尹克榮)의 작품을 홍난파가 작곡한 것이므로 실제 작가 수는 92명이 된다. 총 작품 수는 181편이나, 유지영(劉智榮)의 「農村의 四時」를 4편, 이정구(李貞求)의 「童謠日記」를 2편으로 계산하면 185편이 된다. 안병선(安柄璿)의 「파랑새」와 주요한(朱耀翰)의 「종소리」는 전문 삭제가 되었으므로 이를 빼면

= 李久月), 이주홍(李周洪 = 向破), 박세영(朴世永 = 血海), 손재봉(孫在奉 = 楓山), 신말찬(申末贊 = 申孤松), 엄흥섭(嚴興燮) 등 8인의 작품 43편이 실려 있다. 〈조선프롤레타리아예술동맹〉의 중심적 역할을 맡고 있던 권환(權煥)과 윤기정(尹基鼎)의 서문을 차례로 싣고 있는 점과 작품 내용으로 볼 때 내놓고 계급의식을 확산시키고자 한 목적의식을 엿볼 수 있다.

『조선신동요선집』이 발간된 이후에 나온 동요선집들의 수록 양상은 다음과 같다. 박기혁의 『색진주(色眞珠)』(활문사, 1933)는 이름을 밝히지 않은 소년문사들의 작품 80편과 한정동(韓晶東), 정지용(鄭芝溶), 방정환(方定煥), 정열모(鄭烈模), 유지영(柳志永), 윤극영(尹克榮) 등의 작품 20편을 합해 도합 100편의 창작동요를 실었다. 이 외에 전래동요 14편, 외국동요 15편이 더 있다. 소년문사들의 작품 80편에는 간단한 비평을 덧붙여 놓은 것이 특징이다. 임홍은(林鴻恩)이 편찬한 『아기네동산』(아이생활사, 1938)에는 33편의 동요(동요곡)가, 『조선아동문학집』(조선일보사출판부, 1938)에는 57편의 창작동요가 수록되어 있다.

작가와 작품을 수록하는 방식은 동요선집마다 일정한 차이가 있다.

『조선신동요선집』은 목차와 본문 모두 작품마다 작가명을 밝혀 놓았다. 작가의 출생지 혹은 현 주거지는 제시하지 않았다. 작품의 배열도 작가별로 하지 않았다. 그래서 여러 편의 작품을 수록한 작가라 하더라도 2편 이상을 한곳에 모아 놓은 경우는 없다. 그렇다고 무작위로 늘어놓은 것도 아니다. 주요한(朱耀翰)이 말한 것처럼 "작품들은 대개 춘하추동(春夏秋冬)별로 갈라 놓"[32]았다. 명시적으로 계절별 배열임을 드러내

183편이 된다.

32 주요한, 「독서실 ─ 『조선신동요선집 제1집』 김기주 편」, 『동광』 제34호, 1932년 6월호, 93쪽.

지 않았고, 작품에 따라 계절 구분을 하기 어려운 것도 있으나, 주요한의 말마따나 '대개' 계절별로 나누어 수록한 것은 분명하다. 제목에서 계절이 드러나 있기도 하고, 내용을 통해 계절을 알 수 있는 경우도 있다. 제목이나 내용에 계절이 뚜렷이 드러나 있지 않은 경우도 있으나, 특정 계절이 시작된 이후 지난 계절의 노래가 이어지는 경우는 없다. 가령 63쪽에 수록된 김영수(金永壽)의 「녀름」은 분명 계절상 여름 노래에 해당한다. 「이른 봄」, 「봄노래」, 「고향의 봄」, 「봄」, 「봄이 온다고」, 「봄편지」, 「봄동산」, 「봄비」, 「봄밤」, 「봄노래」, 「봄」, 「봄비」, 「봄바람」, 「봄바다」, 「봄날의 선물」, 「봄의 노래」 등과 같이 제목에서 분명 봄의 노래임을 알 수 있는 동요는 모두 63쪽 이전에 수록되어 있다. 「종달새」, 「버들피리」, 「한식날」, 「할미꽃」, 「제비야」, 「버들개비」, 「갈닙피리」, 「진달네」 등과 같이 내용상 봄의 노래임을 알 수 있는 동요들도 63쪽 이후에는 발견되지 않는다. 여름이나 가을, 겨울을 노래한 동요도 마찬가지여서 동요의 배열이 계절에 따른 것임을 분명히 알 수 있게 한다. 이러한 방식은 김태오의 『설강동요집(雪崗童謠集)』(한성도서주식회사, 1933)에서 그 예를 볼 수 있다. 계절별로 '봄의 나라', '여름의 나라', '가을의 나라', '겨울의 나라' 외에 '희망의 나라'와 '기쁨의 나라'로 묶었다.

　　정창원의 『동요집』(1928)은 목차와 본문 양쪽 모두 작가명을 전혀 밝히지 않았다. 『조선동요선집』(1929)은 작가별로 목차를 구성하였다. 작가는 가나다별로 배열하였는데, '편집간사' 7인의 작품 34편은 다른 작가들 앞에 배치하였다. 하나의 예외는 엄흥섭(嚴興燮)이 선우만년(鮮于萬年)과 송완순(宋完淳)의 사이에 놓여 가나다순이 흐트러졌다. 목차에는 작가명과 출신지를 밝힌 후 작품목록을 제시하였다. 본문에는 작가명과 출신지 그리고 수록 작품목록을 밝힌 다음 차례대로 작품을 수록하였다. 다만 이러한 방식은 '편집간사'들에 국한하였다. '편집간사'들의 작품이 끝난 51쪽부터는 작가명이 없이 작품만 수록되어 있다. 본문은 대체로 목차의 순서를 따랐는데 예외가 있다. 김기진(金基鎭)과 방정환(方定煥) 그리고 엄흥섭(嚴興燮)의 경우가 그렇다. 김기진의 경우 목차에는 가나다순에 맞게 김계담(金桂淡)과 김만기(金萬玘)의 사이에 배치되어 있으나, 본문에는 그 작품「홀어미 싸치」를 맨 마지막 바로 앞에 두었다. 엄흥섭의 경우 목차도 가나다순을 어겼고, 작품「산 밋헤 오막사리」도 책의 맨 마지막에 실어 역시 가나다순에 맞지 않았다. 방정환의「별이 삼형데」는 방정환 항(131~133쪽)이 아닌 176쪽에 배치해 놓은 것이 특이하다. 148쪽에는 작품 대신 '파랑새 전문삭세를 당함'이라 하였고, 181쪽에도 '종소리 전문삭제를 당함'이라고 밝혀 놓았다. 『조선신동요선집』(1932)에도 주요한의「종소리」(『아이생활』통권 58호, 1931년 1월호)를 싣고자 했으나 검열에 걸려 전문 삭제가 되었다.[33] 나름대로 작가 및 작품적 수준을 감안한 데다 민족의식을 고취시키고자 한 생각도 가미된 것으로 보인다. 부록에는 이학인(李學仁)의「동요 연구의 단편(斷片)」, 진장섭(秦長燮)의「동요 잡고 단상(短想)」, 한정동(韓晶東)의「동요에 대한 사고(私考)」, 고장환(高長煥)의「편집 후 잡화(雜話)」를 덧붙였다.「동요 연구의 단편」은 "1927년 구고

---

33 「不許可差押 及 削除 出版物 目錄 ― 出版法ニ依ルモノ治安之部」(『朝鮮出版警察月報』제31호, 1931.3.19)에 따르면 "單行本 削除" 처분을 받았다. 그 내용을 보면, 朱耀翰의「종소리」의 내용에 관한 것으로 아래와 같다.

朝鮮新童謠選集 「第一輯」 全	童謠 諺漢文	六.三.一九 削除	平南	金基柱

전체 3연인데, 다음과 같은 3연의 내용이 민족의식을 고취시킨 것으로 지목되어 삭제 처분을 받은 것으로 보인다. "새해의종소리를 울게하랴면/어린동무다와서 손을잡어라/붉은하늘 향하야 소리칠때면/이천만가슴마다 울려가리라"

(舊稿) 중에서"라고 밝힌 것처럼, 자신(牛耳洞人)의 「동요 연구(2~7)(『중외일보』, 1927.3.22~27)에서 발췌 수록한 것이다.

부록을 실은 까닭은 『조선동요선집』(1929)을 읽을 독자 곧 소년문사들을 교양하기 위한 목적이 분명하다. 제대로 된 창작 교육을 받지 못한 독자를 위해 아동 잡지와 신문 그리고 서적들은 줄곧 창작 방법에 대한 내용을 많이 실었다. "내용상 빈약한 한"이 있고 "창졸에 된 것"[34]인 『동요작법』을 신소년사에서 발간한 것도 같은 이유였다. 이학인, 진장섭, 한정동의 글도 이 범주를 벗어나지 않는다. 창가(唱歌)와 동요(童謠)를 구분하고, 모범이 될 만한 작품을 예로 들어 구체적인 창작 방법을 알려주고 있는 것을 보면 분명해진다.

나)『조선신동요선집』의 작가 및 작품 선정

동요선집은 편자의 의도와 무관하게 정전(正典, canon)으로서의 역할을 하게 된다. 따라서 당대 작가와 작품 중에서 작가에 대한 평판과 작품의 질적 수준 및 의의 등을 선정기준으로 가려 뽑아야 한다. 『조선신동요선집』은 타당한 선정기준에 따라 작가와 작품을 선정하였는지를 확인해 보자.

앞서 발간된 『동요집』과 『조선동요선집』(1929), 뒤에 발간된 『색진주』, 『조선아동문학집』 등과 비교하는 방법으로 평가해 보도록 하겠다. 특히 편자들의 권위나 수록 작가와 작품의 양 등에서 『조선동요선집』(1929)을 주된 비교의 대상으로 삼겠다. 『조선아동문학집』은 6년여 뒤에 발간된 것이어서 더러 대상 작가와 작품이 달라 신중하게 비교하여

34　정열모, 「마리」, 『동요작법』, 신소년사, 1925.9, 1쪽.

야 한다. 『동요집』과 『색진주』는 작가명을 밝혀 놓지 않아, 비교를 위해 당대의 신문과 잡지를 두루 살펴 확인해 보았다. 『동요집』은 총 96편 가운데 72편, 『색진주』는 총 80편 가운데 52편의 작가와 출처를 확인할 수 있었다. 그 결과 『동요집』에 수록된 대부분의 작품이 1927년 10월부터 1928년 4월까지 6개월 동안 발표된 작품임을 알 수 있었다. 김병호의 「봄비」(『조선일보』, 1928.4.19)만 제외하면 수록 작품의 발표 매체가 전부 『동아일보』와 『중외일보』에 국한되어 있다.[35] "조선 아동교육계에 동요의 향상보급을 철저코저 하야 사도(斯途) 선진작가들의 작품과 본사 동인(同人)들의 작품으로써 편찬한 것"[36]이라 한 것으로 보아, 다수의 작품들은 매체에 발표되지 않은 동인들의 작품으로 보인다. '동요의 향상 보급을 철저'하게 하고자 하였다면서도 작품의 발표 시기와 매체가 매우 제한되었다는 것은 이해하기 어렵다. 뿐만 아니라 수록된 작가들의 면면을 살펴보아도 생소한 이름이 많다. 동요를 '향상 보급'시키는 것을 목적했다면 이름난 작가의 좋은 작품을 선별했어야 할 것인데 그렇지 못했다. 『색진주』의 경우 1924년 2월경부터 1930년 11월까지 근 7년여에 걸쳐 있고, 당대의 대표적인 작가들이 대체로 수습되어 있다. 발표 매체도 신문과 잡지를 두루 포함하고 있으나, 『신소년』, 『별나라』, 『아이생활』 등 주요 아동문학 잡지가 빠져 있는 점은 아쉽다. 이상과 같은 점을 고려하여 『조선동요선집』(1929)을 주요 비교 대상으로 삼고, 여타 동요선집은 필요에 따라 부수적으로 참고하도록 하겠다.

35　서덕출(徐德出)의 「봄편지」(『어린이』, 1926년 4월호; 『동아일보』, 1927.10.12)도 『동아일보』에서 찾은 것 같다. 윤명희(尹明熙)의 「실비」(『중외일보』, 1929.3.5)는 책이 발간된 이후에 발표된 것이다. 동인들의 작품 중에서 수록한 때문으로 보인다.

36　정창원, 「머리말」, 『동요집』, 삼지사, 1928, 1쪽.

먼저 『조선신동요선집』(1932)에 작품을 올린 작가들부터 살펴보자. 작가와 작품은 밀접한 관계가 있으므로 적절한 작품이 선정되었는가도 아울러 따져보겠다.

당대 아동문학 매체들에서 이름이 생소하거나, 그다지 활발하게 활동했다고 보기 어려운 작가들이 너무 많다. 강성일(姜成一), 강영근(姜永根), 고영직(高永直), 김덕환(金德煥), 김미동(金美東), 김상호(金尚浩), 김웅렬(金雄烈), 김장연(金長連), 김종봉(金鍾奉), 남문룡(南文龍), 마하산(馬霞山 = 馬龍錫), 박백공(朴白空), 박애순(朴愛筍), 박영호(朴英鎬), 신영균(申永均), 유상현(劉祥鉉), 윤용순(尹用淳), 윤태영(尹泰榮), 이병익(李炳翊), 이영수(李影水), 이윤월(李允月), 장문진(張文鎭), 장영실(張永實), 조매영(趙梅英), 최진필(崔鎭弼), 최창화(崔昌化), 한영주(韓英柱), 호성원(胡聖源)(이상 각 1편) 등 30명에 달한다. 다른 동요선집에는 전혀 이름이 올라 있지 않았다. 당대 아동문학 매체들을 두루 살펴도 많지 않은 수의 작품을 발표하였을 따름이다. 여러 매체에 걸쳐 장기간 활발한 활동을 했다고 하기 어렵다. 작품 본위로 선정했다면 작품 발표 횟수나 활동 여부가 걸림돌이 될 이유는 없으나, 작품 본위라 하더라도 이들의 작품이 딱히 우수하다 하기 어렵다. 박재청(朴在淸), 안필승(安必承 = 安懷南), 박노아(朴露兒) 등은 이름이 알려지기는 했으나, 동요를 많이 발표했거나 뛰어난 동요 작품이 있는 경우가 아님에도 이름이 올라 있다.

생소한 이름의 작가와 발표 매체를 찾기 어려운 작품이 선집에 수록된 까닭은 어느 정도 예견된 일이었다. 작품 수집의 방법 때문이다. '발간 경위'에서 살폈듯이 『조선신동요선집』은 당초 신문과 잡지 등의 독자란을 통해 선집 발간을 공지한 후, 전국의 소년문사들로부터 자선(自

選)한 작품을 제공받았다. 아동문학 매체들을 면밀하게 확인해도 발표된 사실을 확인할 수 없는 작품들이 상당수에 이르는데 대체로 신문이나 잡지에 발표한 바 없는 자선 작품이 아닌가 싶다.

2편 이상의 작품을 수록한 작가는 편자가 비중을 고려한 것으로 봐야 할 것이다. 김기주(春齋, 金春齋)(3), 김병호(金炳昊)(2), 김영수(金永壽)(2), 김유안(金柳岸)(2), 김태오(金泰午)(2), 남궁랑(南宮琅 = 南宮人)(5), 마춘서(馬春曙)(2), 목일신(睦一信)(2), 박팔양(朴八陽 = 金麗水)(2), 방정환(方定煥)(4), 서덕출(徐德出)(3), 선우만년(鮮于萬年)(2), 송완순(宋完淳)(4), 신고송(申孤松)(6), 안평원(安平原)(2), 유도순(劉道順)(2), 유재형(柳在衡 = 柳村)(2), 유희각(柳熙恪)(2), 윤극영(尹克榮)(4), 윤복진(尹福鎭 = 金貴環 = 金水鄕)(9), 윤석중(尹石重 = 石重)(8), 이원수(李元壽)(5), 이정구(李貞求)(3), 장효섭(張孝燮 = 물새)(5), 전봉제(全鳳濟)(2), 정명걸(鄭明杰)(2), 조종현(趙宗泫)(2), 주요한(朱耀翰)(3), 천정철(千正鐵)(2), 최순애(崔順愛)(2), 최인준(崔仁俊)(2), 최청곡(崔靑谷)(2), 탁상수(卓相銖 = 늘샘)(2), 한정동(韓晶東)(9), 한태천(韓泰泉)(3), 허문일(許文日 = 許三峯)(3), 홍난파(洪蘭坡)(2) 등 37명이다. 윤복진과 한정동이 9편, 윤석중이 8편, 신고송이 6편, 남궁랑, 이원수, 장효섭이 각 5편, 방정환, 송완순이 각 4편이 수록되었다. 4편 이상 수록된 작가라면 당대 작품의 양이나 질적 평가가 어느 정도 확인되어야 할 것이다. 대체로 수긍할 만하나 장효섭은 상대적으로 과중평가된 것으로 보인다.

『조선동요선집』(1929)에는 한정동 7편, 고장환, 이정구 각 6편, 유도순, 윤극영, 윤복진 5편, 방정환, 신재항, 윤석중, 장효섭, 정지용, 지수룡(池壽龍)이 각 4편, 곽노엽(郭蘆葉), 김상헌(金尙憲), 김석영(金奭泳), 김영일(金永一), 김태오, 박을송, 서덕출, 선우만년(鮮于萬年), 송완순, 우태형(禹泰

亨), 이동찬(李東贊), 이명식(李明植), 최신복(崔信福, 崔泳柱), 허문일이 각 3편을 수록하고 있다. 한정동, 고장환, 유도순, 윤극영, 신재항, 정지용 등은 편집위원이기도 하지만 당대 문단의 평판으로 보아도 다수의 작품을 수록한 것에 이론의 여지가 없다. 다만 신재항의 경우 소년운동에 주력한 것은 분명하나 작품으로 이만한 평가를 받을 것인지는 의문이다. 김상헌, 김석영, 김영일(金永一), 선우만년, 우태형 등은 활동에 비해 상대적으로 과중평가되었다.

특히 『조선동요선집』(1929)에는 신고송과 이원수가 빠졌다. 『조선신동요선집』에는 신고송 6편, 이원수 5편의 동요가 수록되어 있다. 『조선아동문학집』을 편찬하는데 주요 역할을 했던 윤석중은[37] 신고송의 「골목대장」과 「진달래」, 이원수의 「아침노래」, 「어디만큼 오나」 등을 찾아 실었다.

이해하기 어려운 것은 『조선신동요선집』에 김계담(金桂淡), 김영희 (金英熹 = 金石淵 = 山羊花), 김재철(金在哲), 박세영(朴世永), 박아지(朴芽枝 = 朴一), 정열모(鄭烈模 = 살별 = 醉夢), 신재항(辛在恒), 우태형(禹泰亨), 이동찬(李東贊), 이명식(李明植), 이석봉(李錫鳳 = 李久月), 지수룡(池壽龍), 최신복(崔信福 = 崔泳柱 = 赤豆巾 = 靑牛生 = 草童兒 = 푸른소) 등이 아예 수록되지 않은 점이다. 앞서 발간된 『조선동요선집』(1929)에도 이미 이름을 올리고 있어 누락시킨 까닭이 궁금하다.

반면 『조선동요선집』(1929)에서 빠진 유력한 작가들의 작품을 살펴 수록한 것은 김기주가 동요선집 편찬자로서 나름 세심한 주의를 기울인 것으로 평가해야 할 것이다. 물론 일부는 작가들의 활동 시기와 선집의

---

37 윤석중, 『어린이와 한평생』, 범양사출판부, 1985, 169쪽.

발간 시기에 차이가 있기 때문에 수록 여부가 갈릴 수 있었다. 1929년 1월에 발간된『조선동요선집』(1929)과 1932년 3월에 발간된『조선신동요선집』은 발간 시기가 3년 정도 차이가 난다. 그리고 이 시기가 동요 창작이 가장 활발했던 시기였다. 따라서 책의 발간 과정을 고려하면 1928년 중반 이후에 활동을 시작한 작가들은 물리적으로만 보더라도『조선동요선집』(1929)에는 작품이 수록될 수 없는 것이다. 마찬가지로 이전부터 작가 활동을 한 작가들도 1928년 중반 이후부터 창작한 작품은『조선동요선집』(1929)에는 작품이 수록될 수 없었다.『조선신동요선집』(1932)과『조선동요선집』(1929)을 비교함에 있어 이러한 점을 감안하고 볼 필요가 있다.

다음 작가들은『조선신동요선집』(1932)이 놓치지 않고 선정한 작가들로 볼 수 있다. 고삼열(高三悅), 김광윤(金光允), 김남주(金南柱), 김대봉(金大鳳), 김동환(金東煥), 김사엽(金思燁), 김유안(金柳岸)(2) 김청파(金靑波), 남궁랑(南宮琅)(5), 마하산(馬霞山 = 馬龍錫), 모기윤(毛麒允 = 毛鈴), 소용수(蘇瑢叟), 송순일(宋順鎰), 송창일(宋昌一), 신고송(申孤松)(6), 안평원(安平原)(2), 양우정(梁雨庭), 유재형(柳在衡 = 柳村)(2), 유천덕(劉天德 = 鐵山兒 = 劉菊朶 = 劉霞園), 유희각(柳熙恪)(2), 윤지월(尹池月 = 尹池越), 이경로(李璟魯 = 李虎蝶), 이대용(李大容), 이동규(李東珪), 이원수(李元壽)(5), 이정호(李定鎬), 이헌구(李軒求 = 李求), 전덕인(全德仁), 전봉제(全鳳濟)(2), 정명걸(鄭明杰)(2), 정상규(鄭祥奎), 정인섭(鄭寅燮), 정홍교(丁洪教), 조종현(趙宗泫 = 趙血海 = 趙灘鄉)(2), 차준문(車駿汶 = 車七善), 채규삼(蔡奎三), 최경화(崔京化), 최신구(崔信九), 최청곡(崔靑谷 = 崔奎善)(2), 탁상수(卓相銖 = 늘샘)(2), 한인택(韓仁澤), 한춘혜(韓春惠 = 韓海龍), 한태천(韓泰泉 = 韓璟泉)(3) 등이다. 이들은『조선동요선집』(1929)에는 수록되지 않았지만, 활발하게 활동하여 다수의 작품을 발표한 작가들이

었다.

『조선동요선집』(1929)과 마찬가지로 『조선신동요선집』에서도 남응손, 승응순, 엄흥섭, 염근수, 유지영, 정지용, 하도윤, 현동염 등을 수록하였다. 하지만 작품의 양이나 질로 볼 때 과소평가된 경우다. 그 외의 작가들은 대체로 활동시기로 인해 『조선동요선집』(1929)에서 누락된 경우라 할 것이다. 그런데 『조선신동요선집』보다 뒤에 나온 동요선집들조차 이들을 간과한 경우가 많았다. 활동 기간이나 작품의 양 그리고 당대나 오늘날의 평가로 볼 때 이들은 동요선집에 당연히 수록되어야 할 작가들이다. 다른 동요선집에서 놓친 작가와 작품들을 시기적으로도 앞서 『조선신동요선집』에 수록한 것은 김기주의 안목과 노력을 엿볼 수 있게 하는 대목이다.

『조선동요선집』(1929)에 수록된 작가들 중에, 강중규(姜仲圭), 고복만(高福萬), 곽노엽(郭蘆葉)(3), 김기진(金基鎭), 김만기(金萬玘), 김상헌(金尙憲)(3), 김상회(金相回), 김석영(金奭泳)(3), 김수영(金壽泳), 김옥순(金玉順), 김옥진(金玉珍), 김은관(金殷寬), 김응천(金應天), 김전옥(金全玉), 김창신(金昌臣)(2), 김채언(金采彦), 동중선(董重善), 문병찬(文秉讚), 신순석(申順石), 안병서(安秉瑞)(2), 안병선(安柄璇), 안정복(安丁福), 오계남(吳桂南), 육민철(陸敏哲), 윤복향(尹福香)(2), 이경손(李慶孫), 이병윤(李丙潤)(2), 이석채(李錫采), 이원규(李源圭), 임정희(林貞姬), 정욱조(鄭旭朝), 최봉하(崔鳳河)(2), 최영애(崔永愛), 최춘향(崔春香) 등의 이름을 볼 수 있다. 일제강점기 아동문단에서 곽노엽, 윤복향 등의 이름이 알려져 있으나 이들의 작품이 2~3편씩 수록될 정도로 동요 문단에서 비중이 컸는가는 다시 생각해 볼 필요가 있다. 김기진, 문병찬, 안정복 등은 문단 혹은 소년운동에 널리 이름을 알렸으

나 동요 창작에 이렇다 할 성과를 낸 것은 아니었다. 김상헌은 김억(金億)
의 아들이라는 연고[38] 때문인지 지명도나 작품활동에 비해 3편이나 올
라 있고, 김석영도 1920년대 초반 몇 편의 작품이 확인될 뿐임에도 3편
이나 수록해 지나치게 과중평가되었다. 최신복(3), 최순애(2), 최영애(1)
는 최 씨 세 자매가 모두 선정되었을 뿐 아니라 작품활동에 비해 수록된
작품 수가 많은 것이 선뜻 이해되지 않는다.

그 외는 대체로 이름조차 생소한 작가들이다. 정욱조는 보통학교 4
학년으로 12세의 소녀다. 일본에서 인형 환영가를 모집할 때 3,853명이
응모하여 그 가운데 1등 당선된 「인형노래」의 지은이다.[39] 문제는 일본
어(日本語)로 된 작품이라는 것과, 당대 신문과 잡지의 수많은 당선작들
은 제대로 살피지도 않은 점에 비추어 볼 때 올바른 선정인가 의문이다.

김성도(金聖道, 어진길), 김우철(金友哲), 박고경(朴古京 = 木古京 = 朴春極
= 朴順錫), 박영하(朴永夏 = 朴映河 = 朴英彩), 이주홍(李周洪 = 向破 = 香波 = 芳華
山 = 旅人草), 황순원(黃順元 = 狂波) 등은 어느 동요선집에도 이름이 없다.
활동시기로 보아 『조선동요선집』(1929)에는 누락될 수도 있었겠으나 『조
선신동요선집』(1932)에는 수습할 수 있었던 것으로 보여 아쉽다.

동요선집을 편찬하는 일은 당대 문단의 평판이나 작가적 위치, 그
리고 작품의 수준을 엄정하게 살펴야 하는 어려운 작업이다. 동요선집
편자로서의 노력과 안목이란 기준으로 볼 때 김기주가 다른 동요선집 편
자들보다 상대적으로 더 인정받아야 한다고 본다. 아동문학사적 관점에

---

38 우이동인(牛耳洞人 = 이학인)의 「동요연구(2)」(『중외일보』, 1928. 11. 14)에 윤복진의 「장례」, 김상헌(金
尙憲)의 「봄비 내리는 법」(「봄비 내리는 밤」, 『중외일보』, 1928. 3. 27), 현동렴(玄東濂)의 「아버님」을 인용
하면서, "(김상헌 군은 김억(金億) 씨의 장남인 것을 말해 둔다.)"고 밝혔다.

39 「시평(時評) — 인형노래」, 『조선일보』, 1927. 3. 1.

서 당대 문단의 평판이나 작가적 위치를 제대로 반영하였기 때문이다.

3. 『일본동요집』과의 비교

『조선신동요선집』과 『니혼도요슈(日本童謠集)』(이하 '일본동요집')를 비교해 보고자 하는 것은 영향 관계를 알아보고자 함이다. 『조선신동요선집』이나 『조선동요선집』(1929) 어디에도 『일본동요집』에 관한 직접적인 언급은 없다. 그러나 일반문학도 그렇듯이 당시 아동문학 또한 일본의 영향이 컸다. 동요와 관련해 창작방법이나 동심에 대한 이론적 기반을 일본의 작가들에게서 찾는 경우가 대부분이었다. 기타하라 하쿠슈(北原白秋), 사이조 야소(西條八十), 미키 로후(三木露風), 노구치 우조(野口雨情), 하마다 히로스케(濱田廣介), 시로토리 세이고(白鳥省吾) 등은 당시 조선의 동요 작가들이 아동문학과 관련된 논의를 전개할 때 자주 호출하였던, 일본 다이쇼 시기(大正期)의 대표적인 동요 시인들이었다. 이런 사정을 두고 볼 때, 『일본동요집』은 당시 조선에서 『조선동요선집』이나 『조선신동요선집』 등을 간행하는데 자극제가 되었거나 참고 대상이 되었을 것은 분명하다. 따라서 이를 비교해 보는 것은 상당한 의미가 있다고 생각된다.

『일본동요집』은 동일한 이름으로 두 차례 간행되었다. 둘 다 〈도요시진카이(童謠詩人会)〉(동요시인회)가 편집하여 신초샤(新潮社)에서 간행하였다. 〈동요시인회〉는 1918년 아동잡지 『빨간새(赤い鳥)』가 간행된 지 7년째인 1925년 5월 3일 발회식을 가진 동요 시인들의 대동단결 단체다. 발회식을 가진 후 한 달 남짓 지난 1925년 6월 17일에 첫 『일본동요집』이 간행되었고, 두 번째 『일본동요집』은 1926년 7월 7일에 간행되었다.

1925년판 『일본동요집』은 출판 과정의 물리적 시간만 생각해도 발회식 이전에 간행 작업을 착수해 상당 부분 진척되어 있었다고 보아야 할 것이다.

1925년에 간행된 것은 그냥 『일본동요집』이라 하였으나, 1926년에 간행된 것은 『일본동요집 ― 1926년판』이라 하였다. 1925년에 간행된 것은 기타하라 하쿠슈(北原白秋)가 쓴 서문에 "다이쇼(大正) 14년, 서력 1925년에 있어서, 우리들은 일본에 있어서 최초의 일본동요집의 연간 제1집 1924년판을 상재한 것이다."라 하여 '1924년판'인 것처럼 되어 있다. 그러나 이듬해인 1926년에 발간된 것이 발간된 해를 기준으로 '1926년판'이라 한 것으로 따져보면 '1925년판'이라 해야 옳을 것이다.

『일본동요집』(1925)은 따로 편집위원을 밝히지도 않았고, 따라서 특정인의 작품을 전면에 배치하지도 않았다. 성명을 고주온준(五十音順)에 따라 33명의 작품 127편을 수록하였다.

『일본동요집』(1926)의 부록에는 '동요시인회 청규(童謠詩人會淸規)'가 있다. 이에 따르면 가와지 유코(川路柳虹), 기타하라 하쿠슈(北原白秋), 사이조 야소(西條八十), 시로토리 세이고(白鳥省吾), 다케히사 유메지(竹久夢二), 노구치 우조(野口雨情), 미키 로후(三木露風) 등 7명이 '심사편찬위원'이었다. '심사편찬위원'의 역할은 '편집 및 회원의 전형'을 맡는다. 강연회와 음악무용회의 개최와 관련하여 '실행위원'을 두었는데, 가와지 유코, 시로토리 세이고, 다케히사 유메지, 하마다 히로스케(濱田廣介), 후지타 겐지(藤田健次) 등 5인을 두었다. 1926년 당시 〈동요시인회〉의 전체 회원은 43명이었다. 『일본동요집』(1926)은 38명의 작가들 작품 128편과, 26명의 입선 작품을 각 1편씩 26편을 합해 도합 154편을 싣고 있다.

심사편찬위원 7인의 작품 33편을 앞에다 배치하였다. 심사편찬위원의 작품은 4편에서 5편을 수록하였다. 이어서 31명의 작품 95편을 1편에서 5편까지 수록하였다. 심사편찬위원이든 그 외의 작가든 어느 경우도 5편을 넘는 경우는 없다.

『일본동요집』(1925)은 부록으로 '童謠年鑑: 明治三十一年~大正十三年'을 두었다. 1898년부터 1924년까지 '동요연감'을 작성한 것으로, 매년 월별로 주요 작가의 작품과 발표 매체를 밝혔다.

『일본동요집』(1926)에는 부록으로 '童謠作品表: 大正十四年度'를 붙여 놓았다. 『일본동요집』(1925)에서 1898년부터 1924년까지 동요 목록을 제시하였기 때문에, 1925년도분만 월별로 작가와 작품, 그리고 발표매체를 기록해 둔 것이다.

이 작업은 보기보다 품이 많이 드는 작업이다. 누가, 언제, 무슨 작품을, 어디에 발표했는지를 일일이 확인하여 기록하여야 하기 때문이다. 시간이 지나면 자료의 소실 등으로 더 많은 시간과 노력을 기울여도 이와 같은 사적 연대기(史的年代記)를 작성하기가 어려워진다. 『일본동요집』 두 권을 통해 일본 아동문학사에 있어 동요 부문은, 적어도 1925년까지는, 대체로 어느 작가가 무슨 작품을 언제, 어디에 발표했는지를 확인할 수 있게 되었다.

두 권의 『일본동요집』을 간행한 후, 〈동요시인회〉는 대동단결을 표방하였음에도 불구하고 좀처럼 보조를 맞추지 못해 더 이상의 진전을 보지 못하고 소멸하고 말았다.[40]

『조선동요선집』(1929)를 발간한 단체는 〈조선동요연구협회(朝鮮童謠

---

40 大阪国際児童文学館, 『日本児童文学大事典(第二巻)』, 大日本図書株式会社, 1993, 446쪽.

研究協會)〉다. 1927년 9월 1일에 창립되었다. "1. 우리는 조선소년운동의 문화전선의 일부문에 입(立)함, 1. 우리는 동요의 연구와 실현을 기하고 그 보급을 도(圖)함"[41]을 강령으로 하였다. 『조선동요선집』(1929)은 〈조선동요연구협회〉의 "첫 사업"이었다. 매년 발간을 계획하여 '제1집'이라 하였으나, 김태오에 따르면 "경비 문제"[42]와 "간부 된 사람이 지방에 만히 재주(在住)하는 관계로 사업의 발전이 여의치 못"[43]해 중단되고 말았다. 이즈음에 김기주가 동요선집을 발간하겠다며 두루 작품을 수집하는 것을 알게 된 김태오는 당시 다음과 같이 부정적인 반응을 보였다.

> 근간 평남 평원(平原)에서 몇 사람의 발기로 『조선동요선집』을 발행하겠다고 원고를 청하며 그 수집에 노력한다고 한다. 그러나 나는 거긔에 찬의를 표할 수 없다 웨? 그것은 동요운동에 뜻 둔 신진작가들은 단연히 한데 집중하여 운동을 통일적 —— 조직적으로 해 가지 않으면 아니 된다. 운동의 씩씩한 전개를 위하여는 고립 —— 소당분립(小黨分立) 이것은 필연적으로 요구치 않기 때문이다. 적어도 『조선동요선집』이라면 조선을 대표한이만큼 —— 동요운동의 최고 본영인 동협회의 통과 없이는 안 될 것이다. 그럼으로 해회(該會)를 적극적으로 지지하는 동시에 전 역량을 한데 집중되기를 기대하는 바이다.[44]

---

41 김태오, 「소년문예운동의 당면에 임무(3)」, 『조선일보』, 1931. 1. 31.

42 위의 글.

43 김태오, 「동요예술의 이론과 실제(5)」, 『조선중앙일보』, 1934. 7. 6.

44 김태오, 「소년문예운동의 당면에 임무(3)」, 『조선일보』, 1931. 1. 31.

김태오가 부정적인 반응을 보인 데에는 고립·소당분립이 아니라, 통일적·조직적 동요운동을 통해 전 역량을 집중해야 한다는 것이 그 이유다. 김태오의 이와 같은 주장의 밑바탕에는 그간의 소년운동을 보아온 그의 생각과 관련이 될 것이다. 1927년 7월 30일 〈조선소년연합회〉를 통해 그간의 자연발생적인 소년운동이 중앙집권적 체제로 통합되었으나 완전한 통일과 집중을 이룬 것이 아니었다. 당시 문예운동(동요운동)은 사회운동(소년운동)의 일 부문 운동으로 생각했다.

〈조선동요연구협회〉에서 『조선동요선집』(1929) 제1집을 발간할 때 편집위원 중의 한 사람이었던 김태오의 입장에서는, 제1집에 이어 제2집, 제3집을 연이어 발간하기를 원했으나 제1집을 발간한 이후 더 이상의 진전이 없는 것을 못내 아쉬워하던 터였다. 이러한 작업은 통일적·조직적으로 해도 버거운 일인데 지역에서 한두 사람이 발간하겠다고 하는 것이 탐탁지 않았을 것이다.

『일본동요집』을 발간한 〈동요시인회〉도 대동단결을 내걸었지만 2년을 채 넘기지 못하고 해체된 것은 조직의 단결이 흐트러졌기 때문이다. 당시 조선의 소년운동도 오랜 노력 끝에 형식적으로는 〈조선소년연합회〉(이후 〈조선소년총연맹〉)라는 중앙집권체제를 표방하였지만 내용적으로는 충실한 통일적·조직적인 체제의 결속을 이루지 못하였다. 소년운동과 밀접한 연결관계에 있던 〈조선동요연구협회〉 또한 결집된 역량을 지속하지 못하고 말았던 것이다.

『일본동요집』의 작가와 작품 선정의 적정성은 별론으로 하더라도, 『조선동요선집』과 『조선신동요선집』이 『일본동요집』의 '동요연감'이나 '동요작품표'와 같이 사실을 확인하여 기록하고자 한 점을 참조하였더라면 하는 아쉬움이 크다.

II. 『조선신동요선집』의 의의와 한계

『조선신동요선집』은 아동문학사적 측면에서 의의도 크고 많지만 한계 또한 없지 않다. 먼저 의의를 살펴보자.

첫째, 작가 선정과 작품 수집을 장기간에 걸쳐 광범위하게 함으로써 동요선집 편찬의 목적에 부합되는 당대 동요 문학의 성과를 담아냈다. 『조선신동요선집』은 123명의 작품 203편을 수록하고 있다. 양적 규모나 질적 수준에 있어 근접한 비교 대상인 『조선동요선집』(1929)이 92명의 동요 181편을 수록하고 있는 점을 보더라도 상대적으로 우위에 있음을 알 수 있다. 92편의 『동요집』, 100편의 『색진주』, 그리고 동요만 수록한 것이 아니어서 맞비교하는 것은 적절하지 않을 수 있지만 31명의 동요 57편을 수록하고 있는 『조선아동문학집』 등과 견주어 보면 단연 돋보인다. 수록 작품의 발표 시기는, 1922년 9월에 발표된 방정환의 「형제별」(『부인』, 1922년 9월호)부터 1931년 10월경에 발표된 김기주의 「가을밤」(『조선일보』, 1931.10.24), 김동환의 「추석날」(『어린이』 제9권 제9호, 1931년 10월호), 유천덕의 「소의 노리」(『매일신보』, 1931.10.14) 등에 이르기까지 9년여에 걸쳐 고루 선정하였다. 3년 정도 앞서 발간된 『조선동요선집』(1929)은 1925년 3월부터 1928년 6월경까지 3년여에 지나지 않고, 1년 정도 뒤에 발간된 『색진주』(1933)도 1925년 2월경부터 1930년 11월경까지 약 5년 반 정도의 기간에 걸쳐 있을 뿐이다.

『동요집』은 동요선집으로선 가장 먼저 발간되었다는 점만으로도 아동문학사적 의의를 가질 수 있다. 작가와 작품의 출처가 밝혀져 있지 않아 확인해 본 바, 대체로 1927년 10월부터 1928년 4월까지 6개월 정도의 기간에 국한하였다. 발표 매체도 『조선일보』에 수록된 1편을 제외하면 모두 『동아일보』와 『중외일보』 두 신문에 한정하였고, 아동문학 잡지는 하나도 없다. 출처가 확인되지 않은 작품들은 아마도 매체에 발표되지 않은 동인들의 작품으로 짐작된다. 기간과 매체의 한정으로 인해 스스로 아동문학사적 가치를 감소시켜 버렸다.

『조선신동요선집』은 수록 작품의 발표 매체 측면에서 보아도 가장 다양하다. 총 203편 중 발표 매체를 확인한 작품은 156편인데, 『어린이』 54편, 『조선일보』 39편, 『동아일보』 20편, 『신소년』 8편, 『중외일보』 7편, 『매일신보』 4편, 『별나라』 2편, 『아이생활』 2편, 『새벗』 2편, 『소년조선』 3편, 『음악과 시』 1편, 『부인(婦人)』 1편, 정순철(鄭淳哲)의 『갈닙피리』에서 1편 등이다. 출처가 확인되지 않은 작품 가운데 홍난파의 『조선동요백곡집』에서 12편을 가져온 것으로 보인다.[45] 이상으로 볼 때 일제강점기 주요 신문과 이른바 4대 아동문학 잡지를 망라하고 있음을 알 수 있다. 『조선동요선집』(1929)도 『동아일보』, 『중외일보』, 『조선일보』, 『어린이』, 『별나라』, 『신소년』, 『소년계』 등 수록 매체가 비교적 다양하다. 그러나 일제강점기 동요 발표 매체로 크게 기여한 『매일신보』가 빠진 점과 『조선일

---

45 최진필의 「도는 것」은 윤복진의 「도는 것」을 표절한 작품이므로 『중외일보』를 출처로 했다. 신고송의 「잠자는 방아」, 주영현의 「단풍닙」, 늘샘의 「보리방아」 등은 『조선신동요선집』이 발간된 후에 발표된 출처이지만 산입하였다.

신문과 잡지 가운데 결락된 부분이 있고, 필자가 확보한 잡지들 가운데도 호수가 빠진 부분이 많아, 정확한 수록 편수를 산정한 것이라 할 수 없지만 대체적인 분포를 가늠할 수는 있다. 중복게재된 것은 앞서 게재된 것만 산정하였다.

보』수록 작품이 상대적으로 적은 것은 매체 선정이 편중되었다는 비판을 피하기 어렵게 한다.[46]

둘째, 동요선집 편찬자로서 비평적 관점을 비교적 잘 유지했다. 작가와 작품을 선정함에 있어, 당대의 평판과 작가 활동 및 작품의 수준을 감안한 것으로 보인다. 〈조선동요연구협회〉라는 문단적 조직으로 7명의 편집위원이 발간한 『조선동요선집』(1929)에서조차 누락한 김대봉, 김유안, 소용수, 송창일, 신고송, 유재형, 유천덕, 이원수, 정상규, 조종현, 한춘혜 등 작품 활동이 활발했던 작가들을 빠뜨리지 않고 챙겼다. 방정환의 「형제별」, 박팔양의 「까막잡기」, 한정동의 「소곰쟁이」, 「갈닙피리」, 이정구의 「가을밤」, 이원수의 「고향의 봄」, 윤석중의 「집보는 아기노래」, 「낮에 나온 달님」, 「우리 애기 행진곡」, 윤복진의 「기럭이」, 「동리 의원」, 「은행나무 아래서」, 윤극영의 「반달」, 유지영(柳志永)의 「고드름」, 신고송의 「골목대장」, 서덕출의 「봄편지」, 최순애의 「옵바 생각」 등 당대의 평판이나 후대의 평가에 비추어 보더라도 작품적 수준을 인정할 수 있는 동요들을 수습한 것도 평가받을 만하다.

이는 김기주가 당대 아동문단과 동요 작품을 면밀하게 살피고 있었고 상당한 수준의 감식안을 가진 편자였다는 것을 말한다. 김기주의 비평적 감식안을 엿볼 수 있는 것으로 다음과 같은 예를 더 들 수 있다. 「눈 쓰는 가을」은 『어린이』(제6권 제6호)에 수록된 것으로 지은이가 '徐夕波'다. '서석파'를 방정환이라고 한 주장도 있었으나,[47] 『조선신동요선집』에

46　『조선동요선집』(1929)에 수록된 작품은 86편만 발표매체를 확인하였다. 아마도 자선 작품의 투고를 많이 반영한 결과가 아닌가 싶다.

47　염희경, 『소파 방정환과 근대 아동문학』, 도서출판 경진, 2014, 504쪽.

서는 서덕출(徐德出)로 확인했다. 서덕출의 유고집인『봄편지』(자유문화사, 1952)에 이 작품이 수록되어 있고, 서덕출이 남긴 원고 뭉치에도 이 작품이 포함되어 있는 것으로 보아,[48] 김기주가 서덕출의 작품이라 비정(批正)한 것이 맞는 것 같다.『조선동요선집』(1929)에서「할미꽃」의 지은이를 홍난파(洪蘭坡)라 한 것도, 김기주는 윤극영(尹克榮)으로 바로잡았다. 홍난파가 자신이 편찬한 동요곡집인『조선동요백곡집』에서 윤극영이 원작자임을 밝힌 것으로써 확인이 되었다.[49]「동리 사람」은 1931년『동아일보』신춘현상에 1등으로 당선된 동요이나 응모자가 주소 성명을 밝히지 않아 '실명씨(失名氏)'로 발표되었다.[50] 김기주는 '실명씨'를 '강영근(姜永根)'으로 작가명을 찾아 놓았다.

셋째, 평원(平原)이라는 지역적 제약을 극복하고 출간하였다는 점이다. 지역적 제약이란 크게 세 가지로 나눌 수 있다. 하나는 평양(平壤)에서 45Km가량 떨어진 평원군(平原郡)의 서남부 청산면(淸山面) 소재지 구원리(舊院里)라는 지리적 위치이다. 신문과 잡지 등 다양한 매체를 두루 확인해야 하는 작업의 특성상 제약이 컸을 것으로 짐작된다. 둘째는 평양(平壤)이라 하지만 조판 등 출판 관련 여러 문제가 적지 않았을 것이고, 김기주가 평원에서 평양으로 내왕하는 문제 또한 어려움이 많았을 것이다. 마지막으로 출판비용 조달 등 재정적인 경비 문제도 만만찮았을 것이다. 김기주는 이 세 가지 문제를 나름대로 극복한 것이다.『조선동요

---

48 한정호 엮음,『서덕출전집』, 도서출판 경진, 2010, 39쪽.

49 조선동요연구협회,「目次」,『조선동요선집』, 박문서관, 1929, 21쪽. 홍난파가 지은『조선동요백곡집(상편)』에「할미꽃」은 '尹克榮 原作, 洪蘭坡 編曲'이라 밝혀 놓았다.

50 「당선동요 발표, 일등 실명씨 동리 사람」,『동아일보』, 1931. 1. 3.

선집』(1929) 편찬의 한 당사자였던 김태오는 "간부 된 사람이 지방에 만히 재주하는 관계"와 "경비문제"로 동요선집 발간이 계속되지 못하고 침체상태에 빠졌다고 한 것을 앞에서 확인하였다. 〈조선동요연구협회〉란 조직과 여러 명의 편찬위원이 있어도 이러한 어려움으로 더 이상의 진전이 좌절되었는데, 하물며 김기주 혼자 경성(京城)이 아닌 지방 소읍(小邑)에서 동요선집과 같은 앤솔러지를 간행하자면 얼마나 큰 어려움이 따를지 짐작하기 어렵지 않다. 김병호는 『조선신동요선집』에 대한 논평에서 "평양이라는 지방적 불편을 늣기면서" 편집 출판한 것에 대해 "대단한 정력과 고심한 배 잇"[51]다며 칭찬한 바 있다. 일제강점기의 출판 사정을 감안해 보면 서울이 아닌 지방에서 책을 출간한다는 것이 몹시 어려웠음은 불문가지다. 윤복진이 대구(大邱) 무영당(茂英堂)에서 『중중쎄쎄중』, 『양양범버궁』, 『도라오는 배』 등 3권의 동요곡집을 발간하면서 모두 등사본으로 출간했던 사실에 견주어 보면 평양이라고 결코 수월하지 않았을 것은 자명하다.

『조선신동요선집』의 한계는 다음과 같은 것을 들 수 있겠다.

첫째, 섭치를 가려내지 못해 가치 있는 작가와 작품을 선별하지 못한 점을 들 수 있다. 당대에도 이런 비판이 있었다. "그저 평평범범(平平凡凡)한 제목과 내용의 것을 만히 주어 모은 것"[52]이라거나, "유명무명을 막론하고 작품본위로 하야 엄선주의"[53]라는 기준을 지키지 못했다는 평가가 그것이다. '선집(選集)'이나, 앤솔러지 혹은 사화집(詞華集)이라고 할

51   김병호, 앞의 글.

52   김병호, 「조선신동요선집을 읽고」, 『신소년』, 1932년 7월호, 18쪽.

53   주요한, 앞의 글.

때, 여러 작품을 모은다는 의미와 함께 어떤 기준에 따라 선별한다는 뜻도 동시에 갖고 있다. 이런 점에서 볼 때 아쉬운 점이 적지 않다.

둘째, 많이 모으려는 욕심 때문에 작가의 수를 늘리려고 하다 보니 작품을 한 편씩만 실은 작가가 많다. 앤솔러지에 이름을 올릴 만한 작가로 선정했다면 최소한 서너 편 이상의 작품을 제시함으로써 독자들이 그 작가를 감상할 수 있도록 하는 것이 바람직할 것이다. 아마도 앞서 발간된 『조선동요선집』(1929)의 체제를 따랐던 것으로 보인다. 주요한이 "동요연감(童謠年鑑)"[54]의 성격도 감당하고자 한 것으로 보았는데, 이것이 역으로 작가와 작품의 수준을 엄선하는데 걸림돌이 된 것이다.

셋째, 계급적 경향의 작가와 작품이 상대적으로 소홀하게 취급된 점도 한계로 지적될 수 있다. 1920년대 말부터 1930년대 초반까지 이른바 방향전환 이후 아동문단은 계급적 경향성이 강했다. 그럼에도 불구하고 계급주의 아동문학 작가와 작품의 비중이 적다면 당대 아동문학을 정확하게 반영했다고 보기 어렵다. 『조선동요선집』(1929)에서 배제하였던 신고송, 양우정, 정상규(鄭祥奎) 등을 수습한 것으로 반론을 삼을 수도 있겠으나 계급성이 강한 작품들은 빠졌다. 박세영, 정청산, 이주홍, 이구월 등 『푸로레타리아 동요집 불별』의 작가들이 대거 빠진 것도 그렇다.

> 더구나 그것의 무의식적 불조아 아동들의 잠고대 소리 공상적 불조아 동심적의 것밧게는 아무것도 없다. 캐캐묵은 다 매장하고 말어질 것들을 들추어내여서 신선집(新選集)이란 미명을 부친 것이다. 더구나 우서운 것은 우리의 몇몇 동무

(비교적 의식적 작품 행동을 다하엿고 작품이 있는데도 불구하고)의 것
을 뽑아 너흐되 가장 불조아적 비게급적으로 편집한 것이다.
적어도 선집이라면 좀 더 작가적 가치를 공인할 수 있는 이
의 것과 있는 작품을 정선하야 어느 정도의 수준과 목적을
달(達)해 주지도 않고 그저 나열, 줍어 모은 것밧게는 아모 볼
것이 없을 출판한 춘재 김기주(春齋金基柱) 씨의 의도가 나변
(那邊)에 있는가를 찾어낼 수가 없어 의심을 거듭하는 것이
다.[55] (밑줄 필자)

김병호는 위 인용문의 앞부분에서 "경향적 일단(一端)을 엿보여 준
것은 『불별』"이라 하였다. 김병호의 평가가 절대적으로 옳다거나, 훌륭
한 작품은 『불별』에 수록되었다는 것이 아니라, 당대 동요 문단의 실상
을 두고 볼 때 일정 부분 귀담아들을 필요가 있다.
셋째, 표절 작품을 수록한 것도 한계로 지적될 수 있을 것이다. 표
절이 무분별하게 이루어졌던[56] 시대적 상황을 감안할 때 표절 작품을 가
려내는 일이 쉽지는 않았겠지만, 동요선집이 정전으로서의 역할도 한다
는 점을 감안할 때 유의했어야 할 일이다.
최진필(崔鎭弼)의 「도는 것」은 윤복진의 「도는 것」(『중외일보』, 1927. 4. 28)[57]
을, 박백공(朴白空)의 「봄노래」(『소년조선』, 제5호, 1928년 5월호, 19쪽)는 김청엽(金

---

55 김병호, 위의 글, 19쪽.

56 류덕제, 「일제강점기 아동문학의 표절 양상과 원인」, 『한국 현실주의 아동문학 연구』, 청동거
울, 2017, 120~226쪽 참조.

57 1929년 홍원(洪原) 박인걸(朴仁傑)의 『조선일보』(1929. 1. 1) 신춘문예 당선작 「도는것」, 「눈오는
날」, 「겨울 허재비」 중 한 편인 「도는 것」도 윤복진의 작품을 표절한 것이다.

靑葉)의 「봄놀애」(『중외일보』 1928.3.7)를 표절한 것이다. 한정동의 「소곰쟁이」(『동아일보』 1925.3.9)는 당대에 표절 논란이 커 문단적 관심사였음에도 수록하였다.[58]

넷째, 부록으로 '동요 작품 표'나 '동요연감(童謠年鑑)'을 작성하여 붙이지 않은 것은 크게 아쉽다. 누가, 무슨 작품을, 언제, 어디에 발표했는지를 밝혀 놓아야 온전한 동요선집이 되었을 것이다. 이 작업은 아동문단(동요단)을 꿰뚫고 있어야 가능하고, 오랫동안의 시간과 노력이 필요하다. 서울(경성)도 아닌 지방(평원군)에 있었고, 혼자 작업을 해야 했던 김기주로서는 결코 감당하기 쉽지 않은 일이었을 것이다. 그런데 7명의 편집위원이 서울에서 발간한 『조선동요선집』(1929)도 이러한 작업을 하지 못한 것은 못내 아쉽다.

---

58 홍파(虹波), 「당선동화 '소곰장이'는 번역인가」(『동아일보』 1926.9.23), 문병찬, 「소곰쟁이를 논함 — 홍파 군에게」(『동아일보』 1926.10.2), 김억, 「소곰쟁이'에 대하여」(『동아일보』 1926.10.8), 한정동, 「(문단시비)소곰쟁이는 번역인가?(전2회)」(『동아일보』 1926.10.9~10), 한병도, 「예술적 양심이란 것」(『동아일보』 1926.10.23), 최호동, 「소곰쟁이'는 번역이다」(『동아일보』 1926.10.24), 우이동인, 「글도 적놈에게」(『동아일보』 1926.10.26), 김원섭, 「소곰장이를 논함」(『동아일보』 1926.10.27), 홍파(虹波), 「소곰장이를 논함'을 닑고」(『동아일보』 1926.10.30), 편집자, 「소곰장이' 논전을 보고」(『동아일보』 1926.11.8), 박일봉, 「예술적 양심(전3회)」(『중외일보』 1926.12.6~9) 등이다.
류덕제의 「일제강점기 아동문학의 표절 양상과 원인」(『한국현실주의 아동문학연구』 청동거울, 2017, 120~226쪽)에 표절 양상을 종합적으로 정리해 놓았다.

참고문헌

1. 기본자료

어린이, 신소년, 아이생활, 별나라, 새벗, 소년조선, 소년계, 음악과 시, 부인, 조선일보, 동아일보, 중외일보, 중앙일보, 조선중앙일보, 매일신보

2. 논문 및 평론

김기주, 「1930년에 대한 '소년문단 회고'를 보고 ― 정윤환 군에게 주는 박문(駁文)(전2
　　　회)」, 『매일신보』, 1931. 3. 1~3.

김병호, 「조선신동요선집을 읽고」, 『신소년』 1932년 7월호, 17~18쪽.

김태오, 「동요예술의 이론과 실제(5)」, 『조선중앙일보』, 1934. 7. 6.

김태오, 「소년문예운동의 당면에 임무(3)」, 『조선일보』, 1931. 1. 31.

김호일, 「일제하 민립대학 설립운동에 대한 일고찰」, 『중앙사론』 제1호, 한국중앙사학
　　　회, 1972, 31~58쪽.

남석종, 「『매신(每申)』 동요 10월평(4)」, 『매일신보』, 1930. 11. 15.

류덕제, 「대구지역 아동문학 연구」, 『아동청소년문학연구』 제10호, 한국아동청소년문
　　　학학회, 2012, 143~173쪽.

류덕제, 「일제강점기 아동문학가의 필명 고찰」, 『아동청소년문학연구』 제19호, 한국아
　　　동청소년문학학회, 2016, 81~144쪽.

류덕제, 「김기주의 『조선신동요선집』 연구」, 『아동청소년문학연구』 제23호, 2018. 12,
　　　153~184쪽.

우윤중, 「민립대학 설립운동의 주체와 성격 ― 민립대학기성준비회를 중심으로」, 성균

관대학교 사학과 석사논문, 2016.2, 1~100쪽.

윤석중, 「한국동요문학소사」, 『예술논문집』 제29집, 대한민국예술원, 1990, 5~69쪽.

정윤환, 「1930년 소년문단 회고(전2회)」, 『매일신보』, 1931.2.18~19.

주요한, 「(독서실)『조선신동요선집 제1집』 — 김기주 편」, 『동광』 제34호, 1932년 6월호, 93쪽.

하동호, 「현대문학 전적(典籍)의 서지고(書誌攷) — 1919~45년을 중심으로」, 『한국근대 문학의 서지연구』, 깊은샘, 1981, 9~45쪽.

3. 단행본

경희대학교 한국아동문학연구센터 편, 『별나라를 차저간 소녀 1,2,3,4』, 국학자료원, 2012.

경희대학교 한국아동문학연구센터 편, 『어린이의 꿈 1,2,3』, 국학자료원, 2012.

김기주 편, 『조선신동요선집』, 평양:동광서점, 1932.

단대출판부 편, 『빼앗긴 책 — 1930년대 무명 항일시선집』, 단대출판부, 1981.

도종환, 『정순철 평전』, 충청북도·옥천군·정순철기념사업회, 2011.

류덕제, 『한국 아동문학비평사 자료집(전7권)』, 보고사, 2019~2020.

류덕제, 『한국 현실주의 아동문학 연구』, 청동거울, 2017.

박경수, 『아동문학의 도전과 지역맥락』, 국학자료원, 2010.

박기혁 편, 『(비평 부 감상동요집)색진주』, 활문사, 1933.

방응모 편, 『조선아동문학집』, 조선일보사출판부, 1938.

신명균, 『불별』, 중앙인서관, 1931.

염희경, 『소파 방정환과 근대 아동문학』, 도서출판 경진, 2014.

원종찬, 『한국 아동문학의 계보와 정전』, 청동거울, 2018.

윤석중, 『어린이와 한평생』, 범양사출판부, 1985.

이재철, 『한국현대아동문학사』, 일지사, 1978.

정삼현 편, 『아기네동산』, 아이생활사, 1938.

정순철, 『(동요곡집)갈닙피리 제1집』, 1929.

정순철, 『(동요집)참새의 노래』, 동덕여자고등보통학교, 1932.

정열모, 『동요작법』, 신소년사, 1925.9.

정창원 편, 『동요집』, 남해: 삼지사, 1928.

정태병, 『조선동요전집 1』, 신성문화사, 1946.

조선동요연구협회 편, 『조선동요선집』, 박문서관, 1929.

조선일보 편집국 편, 『조선일보 학예기사 색인(1920~1940)』, 조선일보사, 1989.

최명표, 『한국 근대소년문예운동사』, 도서출판 경진, 2012.

한정호 편, 『서덕출전집』, 도서출판 경진, 2010.

홍난파, 『조선동요백곡집(상)』, 연악회, 1930.

홍난파, 『조선동요백곡집(하)』, 연악회, 1930.(창문당서점, 1933)

童謠詩人會 編, 『日本童謠集』, 東京: 新潮社, 1925.

童謠詩人會 編, 『日本童謠集 — 1926年版』, 東京: 新潮社, 1926.

大阪国際兒童文学館, 『日本兒童文学大事典(전3권)』, 東京: 大日本図書株式会社, 1993.

『조선신동요선집』 수록 작품 출처 *

작가	작품	쪽
윤복진(尹福鎭)	참새[01]	1

---

* 동요 작품의 출처 표시는 신문과 잡지에 발표된 사실을 찾아 밝힌 것이다. 신문도 그렇지만 잡지의 경우 산일(散逸)된 것이 많아 향후 발굴에 따라 작품의 출처는 더 많이 확인될 것으로 보인다.

01 대구여자보통학교(大邱女子普通學校) 윤복향(尹福香), 「참새」(『별나라』 제2권 제7호, 1927년 7월호, 41쪽) 와 유사하다.

　　　　참새

　　　　　　大邱女子普通學校 尹福香

　　살구꽃피면은

　　　　　첫봄이라구

　　참새가즐겁게

　　　　　노래하지만

　　복사 꽃지면은

　　　　　봄이간다구

　　참새가애닯게

　　　　　울어댐니다

홍난파(洪蘭坡), 「참새」(『조선동요백곡집』, 연악회, 1930.4) 『조선동요백곡집』에는 윤복진의 작품으로 실려 있다. (이 작품과 내용이 동일하다.)

　　살구꽃 우스면 봄이온다고

　　참새가 쩍쩍쩍 노래하지만

　　복사꽃 다지면 봄이 간다고

　　참새가 쩍쩍쩍 슯허운다오

한정동(韓晶東)	이른 봄[02]	2
박백공(朴白空)	봄노래[03]	3
지용(芝溶=鄭芝溶)	산 넘어 저쪽[04]	4
이원수(李元壽)	고향의 봄[05]	5
김창신(金昌臣)	종달새	6
이경로(李璟魯)	버들피리	7
남응손(南應孫)	한식날	8
윤복진(尹福鎭)	쌜안조희 파랑조희[06]	9
김덕환(金德煥)	바람[07]	10
서이철(徐利喆)	봄	11
전덕인(全德仁)	종달새[08]	12
이원수(李元壽)	우슴[09]	13
고삼열(高三悅)	봄이 온다고[10]	14
한정동(韓晶東)	벌나비[11]	15

---

02 한정동, 「이른 봄」(『어린이』 1929년 2월호, 1쪽)

03 김청엽(金靑葉), 동시 「봄놀애」(『중외일보』 1928. 3. 7) 박백공(朴白空), 「봄노래」(『소년조선』 제5호, 1928년 5월호, 19쪽)

04 지용, 「산 넘어 저쪽」(『신소년』 1927년 5월호) 정지용, 「산넘어 저쪽」(『어린이』 제11권 제9호, 1933년 9월호)

05 마산(馬山) 이원수, 입선동요 「고향의 봄」(『어린이』 통권39호, 1926년 4월호, 62쪽)

06 윤복진, 「인조희 파란조희」(『중외일보』 1929. 10. 1) 윤복진 요·박태준 곡, 「쌜앙조히 파랑조히」(『어린이』 1931년 2월호, 쪽)

07 김덕환, 입선동요 「바람」(『어린이』 통권52호, 1927년 7월호, 58~59쪽)

08 전덕인, 「종달새」(『신소년』 1930년 4월호, 54쪽)

09 『조선동요백곡집』 하편(56)

10 새글회 고삼열, 「봄이 온다고」(『동아일보』 1931. 2. 21)

11 한정동, 「범나뷔」(『어린이』 1930년 4-5월 합호, 3쪽) 『조선신동요선집』의 「벌나비」는 「범나비」(호랑나비)의 오식이다.

조종현(趙宗泫)	굴싸지[12]	16
박애순(朴愛筍)	초생달[13]	17
서덕출(徐德出)	봄편지[14]	18
춘재(春齋: 金基柱)	봄동산	19
윤극영(尹克榮)	할미꽃[15]	20
한정동(韓晶東)	제비야[16]	21
박노아(朴露兒)	봄비[17]	22
김수향(金水鄉)	말 탄 놈도 샛쩍 소 탄 놈도 샛쩍[18]	23
물새(張孝燮)	봄밤[19]	24
방정환(方定煥)	兄弟 별[20]	25
김웅렬(金雄烈)	버들개지	26
윤석중(尹石重)	쑬되지[21]	27
김수향(金水鄉: 尹福鎮)	돌아오는 배[22]	28

---

12 조종현, 「굴싸지」(『조선일보』, 1930. 4. 5)

13 박애순(朴愛筍), 「초생달」(『중외일보』, 1929. 10. 11)

14 서덕출, 「봄편지」(『어린이』 제3권 제4호, 1925년 4월호, 34쪽) 서덕출 작요·윤극영(尹克榮) 작곡, 「봄편지」(『어린이』 제4권 제4호, 1926년 4월호, 1쪽) 울산(蔚山) 서덕출(18), 「봄편지」(『동아일보』, 1926. 11. 28) 『조선동요백곡집』 상편(9)

15 『조선동요백곡집』 상편(4)

16 한정동, 「제비야」(『어린이』 통권83호, 1931년 3-4월 합호, 1쪽)

17 박노아(朴露兒)·전봉제(全鳳濟) 화, 그림동요 「봄비 - 水原訪花隨柳亭에서」(『어린이』 제9권 제4호, 통권84호, 1931년 5월호, 11쪽)

18 김수향(金水鄉), 「말탄 놈도 샛쩍 소탄 놈도 샛쩍」(『조선일보』, 1930. 9. 27)

19 의주(義州) 물새, 「봄 밤」(『어린이』, 1929년 5월호, 19쪽)

20 소파(小波), 「형제별」(『부인』, 1922년 9월호) 정순철(鄭順哲), 「兄弟별」(『어린이』, 1923년 9월호, 6쪽)

21 윤석중, 「쑬쑬 쑬되지」(『조선일보』, 1929. 10. 10) 윤석중 작요·윤극영(尹克榮) 작곡, 「(조선동요곡집 4) 쑬쑬 쑬되지」(『동아일보』, 1930. 3. 17)

22 수향(水鄉), 「도라오는 배」(『중외일보』, 1930. 8. 25) 김수향 요,·우봉익(禹鳳翊) 곡, 「돌아오는 배」(『아

정인섭(鄭寅燮)	봄노래[23]	29
유도순(劉道順)	닭알[24]	30
최진필(崔鎭弼)	도는 것[25]	31
김장련(金長連)	달팽이[26]	32
이승억(李承億)	쌕국새[27]	33
마하산(馬霞山)	어머니 기다리는 밤[28]	34
한정동(韓晶東)	봄[29]	35
김병호(金炳昊)	봄비[30]	36
석순봉(石順鳳)	봄 바람[31]	37
한정동(韓晶東)	갈닙 피리[32]	38
최청곡(崔靑谷)	은어잡이 아저씨	39
이원수(李元壽)	봄바람[33]	40
소용수(蘇瑢叟)	봄 바다[34]	41

이생활』, 1936년 5월호)

23 정인섭, 「봄노래」(『어린이』, 1930년 4-5월 합호, 4쪽)

24 유도순 작·윤극영(尹克榮) 곡, 「닭알」(『어린이』, 제6권 제2호, 통권56호, 1928년 3월호)

25 이는 윤복진의 「도는 것」(『중외일보』, 1927. 4. 28)을 표절한 것이다.

26 강동(江東) 김장련(金長連), 「달팽이」(『어린이』, 1927년 1월호, 60쪽)

27 이승억(李承億), 「쌕국새」(『조선일보』, 1930. 6. 4)

28 마하산(馬霞山), 선외가작 「어머니 기다리는 밤」(『조선일보』, 1931. 1. 5)

29 한정동 요·정순철(鄭順哲) 곡, 「봄」(『어린이』, 1929년 5월호, 앞표지 안쪽)

30 김병호, 「봄비」(『조선일보』, 1928. 4. 19)

31 석순봉, 「봄바람」(『동아일보』, 1931. 1. 27)

32 한정동, 「갈닙피리」(『어린이』, 1926년 5월호, 5쪽)

33 이원수·전봉제(全鳳濟) 화, 동요 「봄바람」(『어린이』, 통권84호, 1931년 5월호, 12쪽) 이원수 작가·구왕삼(具王三) 작곡, 「봄바람」(『중외일보』, 1932. 4. 24)

34 소용수(蘇瑢叟), 「봄바다」(『어린이』, 제8권 제5호, 통권75호, 1930년 6월호, 45쪽)

춘재(春齋: 金基柱)	할미꽃[35]	42
김태오(金泰午)	봄비[36]	43
정적아(鄭赤兒)	별님[37]	44
김남주(金南柱)	봄날의 선물[38]	45
윤석중(尹石重)	아가야 자장자장[39]	46
한정동(韓晶東)	봄의 노래[40]	47
신고송(申孤松)	진달네[41]	48
김병호(金炳昊)	거울	49
신고송(申孤松)	하로에 멧 번이나[42]	50
이원수(李元壽)	잘 가거라[43]	51
허삼봉(許三峯=許文日)	물ㅅ새[44]	52
김상호(金尙浩)	형제(兄弟)[45]	53
장문진(張文鎭)	어미 새[46]	54

---

35 김기주, 「할미꽃」(『조선일보』 1930. 4. 15) 김기주 요·박태현 곡, 「할미꽃」(『동아일보』 1940. 6. 9)

36 김태오, 「봄비」(『동아일보』 1929. 3. 2)

37 정적아(鄭赤兒), 「별님」(『조선일보』 1930. 12. 6)

38 김남주, 「봄날의 선물」(『신소년』 1927년 3월호, 46쪽)

39 윤석중 요·윤극영(尹克榮) 곡, 「아가야 자장자장」(『동아일보』 1930. 2. 16)

40 한정동·전봉제(全鳳濟) 화, 「봄의 노래」(『어린이』 통권84호, 1931년 5월호, 10쪽)

41 울산(蔚山) 신고송, 「진달네」(『어린이』 1927년 4월호, 61쪽)

42 유천(楡川) 신고송, 「하로에 멧 번이나」(『어린이』 제8권 제5호, 1930년 6월호)

43 이원수, 「잘 가거라」(『어린이』 통권77호, 1930년 9월호, 32~33쪽)

44 삼봉(三峰), 「물ㅅ새」(『어린이』 1927년 5-6월 합호, 68쪽) 동일한 내용을, 허삼봉 씨 작, 「물새」(『조선일보』 1939. 9. 24)로 다시 발표하였다.

45 『조선동요백곡집』 하편

46 장문진, 「어미새」(『어린이』 1925년 3월호, 23쪽) '대구 남산정(大邱南山町)'

송완순(宋完淳)	병아리 서울 구경[47]	55
김귀환(金貴環)	동리 의원[48]	56
최창화(崔昌化)	수레[49]	57
송완순(宋完淳)	거미줄	58
송순일(宋順鎰)	엄지 소[50]	59
윤석중(尹石重)	엄마 생각[51]	60
최인준(崔仁俊)	무 장수의 노래[52]	61
홍난파(洪蘭坡)	해바라기[53]	62

---

47 한밧, 「병아리 서울 구경」(『신소년』 1928년 4월호)

48 김귀환, 「동리 의원」(『동아일보』 1930.1.1)

49 안주(安州) 최창화, 입선동요 「수레」(『어린이』 1925년 12월호, 61쪽)

봉사씨를밧어서
      박휘맨들고
쌀긔넝쿨 것어서
      채를휘이고
메쭉이를 다려다
      말을삼어서
우리아기 태우고
      노리갈가요

        수레 崔昌化
둥근달님 짜다가 박휘만들고
쌀기넝쿨 것어서 채를휘이고

멧둑이를 다려다 말을삼어서
우리애기 태우고 노리갈가요 (『조선신동요선집』 57쪽)

50 송순일, 입선동요 「엄지소」(『어린이』 1927년 5-6월 합호, 69쪽)

51 윤석중, 「엄마 생각」(『조선일보』 1927.9.11)

52 최인준, 「무장수의 노래」(『신소년』 제8권 제4호, 1930년 4월호 부록 『少年少女新春童謠集』에 수록)

53 『조선동요백곡집』 상편(5)

김영수(金永壽)	녀름[54]	63
한정동(韓晶東)	소곰쟁이[55]	64
마춘서(馬春曙)	냇물	65
이대용(李大容)	한울[56]	66
강성일(姜成一)	구름 곳	67
늘샘 (卓相銖)	쇠소리[57]	68
김종봉(金鍾奉)	록음	69
현동렴(玄東濂)	잠든 나무숩	70
김태오(金泰午)	해변의 소녀[58]	71
고영직(高永直)	시냇물[59]	72
최경화(崔京化)	포푸라	73
정명걸(鄭明杰)	봉선화[60]	74
남궁인(南宮人: 南宮琅)	싀집가는 누나야[61]	75
한영주(韓英柱)	노을[62]	76

---

54 『조선동요백곡집』하편

55 진남포(鎭南浦) 한정동, 신춘문예 당선동요 1등 「소곰쟁이」(『동아일보』 1925.3.9)

56 이대용, 「한울」(『조선일보』 1930.7.31)

57 늘샘 작가(作歌)·여인초(旅人草) 작곡, 「쇠소리」(『신소년』 제8권 제4호, 1930년 4월호 부록 『少年少女新春童謠集』에 수록)

58 김태오, 「해변의 소녀」(『아이생활』 1931년 8월호), 김태오, 「해변의 소녀」(『조선일보』 1933.6.25) 동요연구협회 김태오, 「해변의 소녀」(『매일신보』 1933.4.19) 『설강동요집』 61쪽에는 창작연도를 '1929'로 밝혀 놓았다.

59 고영직, 입선동요 「시냇물」(『어린이』 제5권 제6호, 통권52호, 1927년 7월호, 58쪽)

60 용강(龍岡) 정명걸, 「봉선화」(『소년조선』 제9호, 1928년 9월호, 74쪽). 남포(南浦) 붓춤사 정명걸, 「봉선화」(『동아일보』 1928.9.5)

61 남궁인(南宮人), 「싀집가는 누나야(其二)」(『조선일보』 1930.6.27)

62 한영주, 「노을」(『조선일보』 1930.5.7)

김대창(金大昌)	맹꽁이[63]	77
이정구(李貞求)	봉선화	78
장효섭(張孝燮)	녀름밤[64]	79
신영균(申永均)	엄마별[65]	80
주요한(朱耀翰)	꼿밧[66]	81
안평원(安平原)	란초[67]	82
윤복진(尹福鎭)	푸른 언덕[68]	83
하도윤(河圖允)	바다[69]	84
허삼봉(許三峯=許文日)	엄마 품[70]	85
선우만년(鮮于萬年)	옥토기[71]	86
윤복진(尹福鎭)	무명초[72]	87
박을송(朴乙松)	어머니 가슴[73]	88
장효섭(張孝燮)	반듸불[74]	89

---

63 김대창, 「맹꽁이」(『조선일보』 1930.8.26)

64 장효섭, 「녀름밤」(『어린이』 1929년 6월호, 42쪽) 목차에는 '물새', 본문에는 '張孝燮'으로 되어 있다.

65 신영균, 「엄마별」(『조선일보』 1930.4.29)

66 『조선동요백곡집』 하편(65) 주요한, 「꽃밭」(『조선아동문학집』, 조선일보사출판부, 1938.12, 3~4쪽), 「꼿밧」(『조선일보』 1940.7.21) (출처를 『아동문학집』에서라 하였다.)

67 경북 영천 도남(慶北永川道南) 안평원, 「란초(賞)」(『신소년』 1927년 4월호, 56쪽)

68 윤복진, 「푸른 언덕」(『조선일보』 1929.4.7)

69 송화공보(松禾公普) 하도윤, 「바다」(『신소년』 1927년 3월호, 56쪽)

70 허삼봉(許三峰), 「엄마 품」(『어린이』 통권80호, 1930년 12월호, 28~29쪽)

71 선우만년, 「옥톡기」(『조선일보』 1929.10.13)

72 등대사 백합화(百合花), 「(입선동요)무명초」(『어린이』 1927년 1월호, 60쪽) 「무명초」(『조선일보』 1929.11.28)

73 유사한 작품으로 경성(京城) 박을송, 선외 「어머니 가슴」(『동아일보』 1929.1.21) 『조선동요백곡집』 상편(33)

74 의주(義州) 장효섭, 「반듸불」(『어린이』 1929년 6월호, 24~25쪽)

허문일(許文日)	소낙비[75]	90
유희각(柳熙恪)	무지개[76]	91
한태천(韓泰泉)	장가간 별님[77]	92
윤극영(尹克榮)	반달[78]	93
이원수(李元壽)	비누 풍선[79]	94
김광윤(金光允)	조희배[80]	95
신고송(申孤松)	쏘각빗[81]	96
마춘서(馬春曙)	해질 째의 강변	97
차준문(車駿汶)	거름 배는 애기[82]	98
정명걸(鄭明杰)	잠자는 송아지[83]	99
방정환(方定煥)	허잽이[84]	100
물새 (張孝燮)	늙은 배사공[85]	101
엄흥섭(嚴興燮)	갈닙배	102
최청곡(崔青谷)	흘너가는 나그네	103

75 허문일(許文日), 「소낙비」(『어린이』 1929년 7-8월 합호, 26~27쪽)

76 유희각, 「무지개」(『매일신보』 1930.8.7)

77 한경천(韓璟泉), 「장가간 별님」(『조선일보』 1930.1.4) 『조선신동요선집』에는 「장가간 별님」(韓泰泉) (92쪽)으로 되어 있어, 김기주(金基柱)가 찾았다기보다 한태천이 모집에 응한 것으로 보인다.

78 윤극영, 「반달」(『동아일보』 1924.10.20), 윤극영, 「반달」(『어린이』 제2호 제11호, 1924년 11월호, 1쪽)

79 마산(馬山) 이원수, 「비누풍선」(『어린이』 통권52호, 1927년 7월호, 57~58쪽)

80 김광윤, 「조희배」(『중외일보』 1929.10.14) 『조선동요백곡집』 상편(8)

81 대구 남성정(大邱南城町) 등대사, 「쏘각빗」(『어린이』 1926년 11월호, 8쪽)

82 차준문, 「거름 배는 애기」(『조선일보』 1930.4.22)

83 붓춤사 정명걸, 「잠자는 송아지」(『소년조선』 제19호, 1929년 8월호, 27쪽)

84 소파(小波)·윤극영(尹克榮) 곡, 「허잽이」(『조선일보』 1924.12.8)

85 장효섭, 「늙은 배사공」(『어린이』 1929년 6월호, 43쪽) 목차에는 '물새', 본문에는 '張孝燮'으로 되어 있다.

---

86 고장환, 「나팔꽃」(『아이생활』 1927년 10월호) 고긴빗, 「라팔꽃」(『동아일보』 1927. 10. 26) (말미에 '아희생활 十月號에서'라 하였음)

87 목일신, 「산새」(『조선일보』 1930. 4. 21)

88 『조선동요백곡집』 상편(39)

89 한정동, 「여름밤」(『어린이』 1930년 8월호, 32~33쪽)

90 홍난파 요·곡, 「노래를 불너주오」(『조선동요백곡집』 상편(46)

91 윤석중, 「낮에 나온 달님」(『조선일보』 1929. 10. 16)

92 모령(毛鈴), 당선동요 3등 「눈꽃새」(『동아일보』 1931. 1. 3)

93 유상현, 「하로사리」(『조선일보』 1930. 12. 7)

94 이정구 시·박인범(朴仁範) 화, 「허재비」(『새벗』 제4권 제11호, 1928년 11월호, 7쪽) 제목이 '허새비'처럼 보이나 본문에 '허재비'라 하였고, 쪽수를 가리키는 부분에도 '허재비'라 되어 있다.

95 송완순, 「거미줄」(『중외일보』 1927. 6. 9)

송창일(宋昌一)	거지의 쑴[96]	119
신고송(申孤松)	잠자는 방아[97]	120
유지영(劉智榮)	달밤	121
주요한(朱耀翰)	쯧[98]	122
선우만년(鮮于萬年)	두루맥이[99]	123
덩홍교(丁洪敎)	칠월 칠석	124
평원(安平原)	남국의 마실	125
유재형(柳在衡)	기다리는 옵바	126
한태천(韓泰泉)	팔월대보름	127
방정환(方定煥)	늙은 잠자리[100]	128
안필승(安必承: 安懷南)	체부	129
김동환(金東煥)	추석날[101]	130
김사엽(金思燁)	가을[102]	131
금어초(金魚草: 金尙默)	귀쓰람이	132
김여수(金麗水: 朴八陽)	가을[103]	133
유촌(柳村: 柳在衡)	가을밤[104]	134

---

96 평양(平壤) 송창일, 동요 당선 2등 「거라지의 쑴」(『조선일보』, 1931. 1. 1)

97 신고송 요·홍난파 곡, 「잠자는 방아」(『조선일보』, 1933. 11. 14), 신고송 요·조광호(趙光鎬) 곡, 「잠자는 방아」(『별나라』 제77호, 1934년 9월호)

98 주요한 요·안기영(安基永) 곡, 「쯧」(『별나라』 제4권 제6호, 1929년 7월호)

99 태천(泰川) 선우만년, 「두루마기」(『어린이』 1926년 6월호, 50쪽)

100 방정환 요·정순철(鄭淳哲) 곡, 「늙은 잠자리 – 동요집 『갈닙피리』에서」(『어린이』 제7권 제8호, 1929년 10-11월 합호, 1쪽)

101 김동환·김규택(金奎澤) 화(畵), 그림동요 「추석날」(『어린이』 제9권 제9호, 1931년 10월호, 18쪽)

102 대구고보 김사엽, 「가을」(『조선일보』, 1929. 11. 3)

103 김여수(金麗水), 「가을」(『어린이』 통권77호, 1930년 9월호, 30쪽)

104 유촌(柳村), 「가을밤」(『조선일보』 1930. 9. 27)

윤석중(尹石重)	휘ㅅ바람[105]	135
장영실(張永實)	가을[106]	136
김미동(金美東)	가을이 온다고	137
서덕출(徐德出)	눈쓰는 가을[107]	138
강순겸(姜順謙)	단풍닙[108]	139
이동규(李東珪)	학교가 그리워	140
천정철(千正鐵)	나무닙[109]	141
목일신(睦一信)	긔차[110]	142
김유안(金柳岸)	고향 생각	143
윤복진(尹福鎭)	기럭이[111]	144
남궁랑(南宮琅)	물망초[112]	145
최순애(崔順愛)	옵바 생각[113]	146

---

105 윤석중 작요·홍난파(洪蘭坡) 작곡, 「휘파람」(『동아일보』 1930. 2. 28)

106 안주(安州) 장영실, 「쏨」(『어린이』 1926년 4월호, 63쪽)

107 서석파(徐夕波), 「눈 쓰는 가을」(『어린이』 제6권 제6호, 1928년 10월 20일 발행, 1쪽)

108 주영현(朱榮鉉)의 「단풍닙」(『동아일보』 1933. 10. 22)은 『조선신동요선집』에 수록된 작품의 1절만 발표하였다.

단풍닙 朱榮鉉

하얀서리보고서 누런단풍닢
가을광고하누라 비라뿌리네

◇   ◇

마을에도들에도 높은산에도
바람따라우수수 작고뿌리네

109 『조선동요백곡집』 상편(20) 천정철 작·정태병(鄭泰炳) 역, 「このは(나무입)」(『매일신보』 1944. 2. 14)

110 목일신, 「긔차」(『조선일보』 1930. 8. 19)

111 윤복진 요·박태준(朴泰俊) 곡, 「기럭이」(『어린이』 1930년 9월호, 20쪽)

112 남궁랑, 「파란 물망초」(『동아일보』 1930. 11. 9)

113 최순애, 입선동요 「옵바생각」(『어린이』 1925년 11월호, 58쪽)

남문룡(南文龍)	락엽	147
석중(石重: 尹石重)	집 보는 아기노래[114]	148
최순애(崔順愛)	가을[115]	149
신고송(申孤松)	골목대장[116]	150
이정구(李貞求)	가을밤[117]	151
윤석중(尹石重)	우리 애기 행진곡[118]	152
한태천(韓泰泉)	귀쓰람이[119]	153
남궁랑(南宮琅)	나의 노래	154
김청파(金青波)	싹독 김장[120]	155
유천덕(劉天德)	소의 노래[121]	156
김춘재(金春齋: 金基柱)	가을밤[122]	157
윤석중(尹石重)	단풍닙[123]	158
최인준(崔仁俊)	달·달[124]	159
조매영(趙梅英)	닥근 콩	160

---

114 윤석중, 「집 보는 아기 노래」(『어린이』 제6권 제7호, 통권61호, 1928년 12월호, 58~59쪽)

115 수원 최순애, 「가을」(『어린이』 1927년 1월호, 61쪽)

116 신고송, 「골목대장」(『조선일보』 1929.12.11) 신고송 요·홍난파(洪蘭坡) 곡, 「골목대장」(『어린이』 제8권 제7호, 1930년 9월호, 19쪽)

117 이정구, 「가을밤」(『조선일보』 1929.11.6) 이정구, 「가을밤」(『동아일보』 1929.12.7) 이정구, 「가을밤」 (『중외일보』 1930.1.11) 『조선동요백곡집』 상편(47)

118 윤석중, 「우리 애기 행진곡」(『조선일보』 1929.6.8)

119 한태천, 「귀쓰람이」(『조선일보』 1929.10.29)

120 김청파, 「싹쏙 김장」(『조선일보』 1930.11.8)

121 유천덕, 「소의 노리」(『매일신보』 1931.10.14)

122 김기주, 「가을밤」(『조선일보』 1931.10.24)

123 윤석중 요·독고선(獨孤璇) 곡, 「단풍닙」(『어린이』 1929년 9월호, 1쪽)

124 『조선동요백곡집』 상편(31)

김수향(金水鄉: 尹福鎭)	은행나무 아래서[125]	161
이병익(李丙翊)	가을 국화[126]	162
신고송(申孤松)	고초장[127]	163
염근수(廉根守)	할머니 편지[128]	164
이정호(李定鎬)	길 일흔 재마귀[129]	165
허수만(許水萬)	비행긔	166
유희각(柳熙恪)	고무신[130]	167
전봉제(全鳳濟)	도적쥐[131]	168
강영근(姜永根)	동리 사람[132]	169
천정철(千正鐵)	싀골길[133]	170
오석범(吳夕帆)	바람아 불지 마라	171
김영수(金永壽)	애들아 나오너라[134]	172

---

125 김수향(金水鄉), 「은행나무 알에서」(『동아일보』 1929. 9. 29) 김수향(金水鄉), 「은행나무 아래서」(『조선일보』 1929. 10. 5)

126 안변(安邊) 이병익, 「(佳作)가을 국화」(『새벗』 제4권 제11호, 1928년 11월호, 119쪽)

127 신고송, 「고초장」(『음악과 시』 창간호, 1930년 9월호, 34쪽)

128 『조선동요백곡집』 하편(89)

129 정순철(鄭淳哲)의 작곡집 『갈닙피리』(文化書館, 1929. 12. 20 발행)에 「길 일흔 재마귀」가 수록되어 있다.

130 유희각, 「고무신」(『매일신보』 1930. 11. 9)

131 『조선동요백곡집』 하편(92)

132 실명씨(失名氏), 1등 당선동요 「동리 사람」(『동아일보』 1931. 1. 3)

133 경성 천정철, 입선동요 「시골길」(『어린이』 1927년 1월호, 60쪽)의 원문 "외줄기 좁다란 시골길은요/겨울날에고요히 잠을잠니다./가도가도끗업는 시골길은요/오고가는사람업서 잠을잠니다.//", 『조선신동요선집』의 「싀골길」은 "외줄기 좁다란 시골길은요/겨울날에 고요히 잠을잠니다//가도가도 끗는 시골길은요/겨울날에 고요히 잠을잠니다//" 『조선동요백곡집』 상편 (18)의 "夕虹 謠, 洪蘭坡 曲, 「싀골길」(25쪽)"은 『어린이』 소재 「시골길」과 동일하다.

134 김영수·안석영(安夕影) 화(畵), 그림동요 「애들아 나오너라 - 나무꾼 아히노래」(『어린이』 제9권 제3

정상규(鄭祥奎)	밤ㅅ길[135]	173
남궁랑(南宮琅)	영감님[136]	174
실명씨(失名氏)	장군석[137]	175
주요한(朱耀翰)	눈 오는 날	176
송완순(宋完淳)	벼개 아기	177
윤극영(尹克榮)	옥토씨[138]	178
늘샘 (卓相銖)	보리방아[139]	179
전봉제(全鳳濟)	물방아[140]	180
방정환(方定煥)	눈[141]	181
한춘혜(韓春惠)	얼어 죽은 참새[142]	182
윤태영(尹泰泳)	칠판의 노래[143]	183
윤지월(尹池月)	글 쓰는 등불	184
박재청(朴在淸)	구진 눈	185

호, 1931년 3월호, 2쪽)

[135] 정상규 요·전봉제(全鳳濟) 화, 「(그림동요)밤ㅅ길」(『동아일보』, 1931.3.27)

[136] 남궁인, 「영감님」(『동아일보』, 1930.2.14) 남궁랑, 「영감님」(『동아일보』, 1931.1.15) 『조선동요백곡집』 하편(97)

[137] 이원규(李源圭)의 「장군석」이다. 『조선동요선집』의 목차 11쪽에 "李源圭 (京城) 쟝군석(109쪽)"으로 밝혀 놓았다. 김기주가 인용한 내용을 보면 『조선동요선집』과 일부 달라 『조선동요선집』에서 옮긴 것은 아닌 것으로 보인다.

[138] 윤극영 작가·작곡, 「옥토씨」(『어린이』, 1927년 2월호, 1쪽)

[139] 늘샘 작·박석진 곡, 「보리방아」(『동아일보』, 1933.4.15)

[140] 전봉제 작요·남궁랑(南宮琅) 작곡, 「물방아」(『동아일보』, 1930.12.2)

[141] 방정환 요·정순철(鄭淳哲) 곡, 「눈」(『어린이』, 1930년 9월호, 5쪽)

[142] 한춘혜, 「(當選童話)얼어 죽은 참새」(『매일신보』, 1931.1.5) '當選童話'는 '當選童謠'의 오식이다.

[143] 윤태영, 3등 당선 「칠판의 노래」(『조선일보』, 1931.1.4)

이구(李求: 李軒求)	눈 오시는 밤[144]	186
서덕출(徐德出)	눈 오는 날의 생각[145]	187
최신구(崔信九)	어린이 노래[146]	188
채규삼(蔡奎三)	눈	189
남궁랑(南宮琅)	울지 안는 종[147]	190
전봉남(全鳳楠)	눈[148]	191
박팔양(朴八陽)	쌔막잡기[149]	192
김대봉(金大鳳)	눈 오는 날	193
한인택(韓仁澤)	쌔치 생원	194
김기진(金基鎭)	쌔치야[150]	195

---

144 이구(李求), 「눈 오시는 밤」(『어린이』 1929년 1월호, 8쪽)

145 서덕출 요·박정근(朴禎根) 곡, 「눈 오는 날의 생각」(『동아일보』 1931. 1. 18)

146 송정공민학교(松汀公民學校) 최신구, 「비오는 밤」(『조선일보』 1930. 2. 12) '松汀'은 광주에 소재한다.

147 남궁인(南宮人) 요·남궁랑(南宮琅) 곡·전봉제(全鳳濟) 화, 「울지 안는 종」(『동아일보』 1930. 9. 29)

148 전봉남, 「눈」(『조선일보』 1930. 11. 26)

149 박팔양 작가(作歌)·윤극영 작곡, 「쌔막잡기」(『어린이』 제2권 제3호, 1924년 3월호, 13쪽)

150 김기진 작요·정순철(鄭淳哲) 작곡, 「홀어미 쌔치」(『어린이』 1924년 3월호, 17쪽)(제목이 없음)
　　쌔치야 쌔치야 바람이분다
　　감나무 가지에 바람이분다
　　　　감나무닙새는 어대로가고
　　　　바람이네집을 근너다니노

　　쌔치야 쌔치야 바람이운다
　　저녁의 찬바람이 가지에운다
　　　　감나무 가지에 홀어미쌔치
　　　　올겨울 나기에 쓸쓸하겟네 (『어린이』)

호성원(胡聖源)	지연	196
유지영(柳志永)	고드름[151]	197
윤극영(尹克榮)	설날[152]	198
유도순(劉道順)	눈사람[153]	199
조종현(趙宗泫)	한말·한글[154]	200
김유안(金柳岸)	눈꽃[155]	201
양우정(梁雨庭)	눈[156]	202
한정동(韓晶東)	반달[157]	203

홀어미 싸치

싸치야 싸치야 바람이분다
감나무 가지에 바람이분다
감나무 닙새는 어대로가고
바람이 네집은 건너다니노

싸치야 싸치야 바람이운다
저녁에 찬바람이 가지에운다
감가무 가지에 홀어미싸치
올겨을 나기에 쓸々하엿네. (『조선동요선집』 206쪽)

151 버들쇠 작요·윤극영 작곡, 「고드름」(『어린이』 제2권 제2호, 1924년 2월호, 1쪽)

152 윤극영 작요 작곡, 「설날」(『어린이』 제2권 제1호, 1924년 1월호, 22쪽)

153 유도순, 「눈사람」(『소년조선』 제13호, 1929년 1월호, 1쪽)

154 조종현, 「한말 한글」(『조선일보』 1930. 4. 15) 조종현, 「한말 한글」(『중외일보』 1930. 8. 20)

155 김유안, 「눈꽃」(『조선일보』 1930. 11. 8)

156 양우정, 「눈」(『조선일보』 1930. 1. 12)

157 한정동, 「반달」(『어린이』 1928년 1월호, 30~31쪽)

『조선신동요선집』 서평

朱耀翰, "讀書室 ー『朝鮮新童謠選集 第一輯』, 金基柱編",
『東光』 제34호, 1932년 6월호.

　　最近 朝鮮에서 創作 發表된 童謠 二百餘 篇을 모아 놓은 것이 이 册
이다. 作者로는 有名無名을 勿論하고 近 百篇을 網羅햇으니 選集이라기
보다도 全集이라고 할 만하다.

　　第一輯이라 하엿으니 물론 第二輯 第三輯이 잇을 줄 안다. 그러면
이것은 一種의 童謠年鑑이라고 할 것이다. 朝鮮에서 新童謠 운동이 생
긴 以來로 모든 傾向을 代表할 만한 것을 다 모아 놓앗다 해도 過言이 아
닐 것이다. 도리어 批評을 하자고 하면 너무 많이 모은 것이 탈이 아닐까
한다. 조곰 더 選擇의 標準이 좁앗더라면 하는 感이 없지 아니하다. 有
名無名을 莫論하고 作品 本位로 하야 嚴選主義를 썻드라면 하는 느낌이
잇다.

　　作品들은 대개 春夏秋冬別로 갈라놓앗으니 이것을 敎育用으로 쓰
려 하는 이에게는 좋은 參考書가 될 것이요. 또 童謠界의 推勢를 알려는
연구가에게 큰 參考거리다. 第二輯 以下로 順次 童謠年鑑的 立場에서

繼續 刊行이 잇기를 바라는 바다.

　　兒童讀物로서는 前記와 같이 嚴選이 아니기 때문에 유감이 잇으나 그러나 거기 숨긴 많은 寶玉을 찾아 읽는 것은 無限한 興味가 될 것을 의심치 안는다. (定價 四十錢 平壤 景昌里 八五 東光書店 發行 振替 京城 四二九五)
(朱)[01] (이상 93쪽)

01　'朱'는 『동광(東光)』의 편집인이었던 주요한(朱耀翰)이다.

金炳昊, "朝鮮新童謠選集을 읽고", 『新少年』, 1932년 7월호.

金基柱 君의 健鬪와 健筆을 祝福하는 바 한 사람이다. 平壤이라는 地方的 不便을 늣기면서 長久한 時日을 걸어 朝鮮新童謠集[01]을 編輯 出版하야 줌은 大端한 精力과 苦心한 배 있은 줄을 謝禮하는 바이다.

筆者와 같은 無能力 駄作者도 그 속에 한목 끼이는 光榮을 받어 외람하나마 同集의 讀後感的 一文을 草하고자 한다.

× (가운데)

모든 것이 다 그러하지만 우리 童謠界는 달은 部門보담 더 無政府的 無整理的 亂雜함을 늣겨 오든 터이다. 날마다의 新聞紙上에는 된 게나 안 된 게나 意識的의거나 無意識的의거나 되나캐나 집어 실는 童謠가 있고, 比較的 精選을 하는 少年少女 雜誌의 것도 大同小異的 無標準이엇다.

이러한 選集이니 合作集 같은 것은 내가 알기로는 『불별』[02] 그 담에 이 新童謠選集인가 한다. 그것의 어느 경향的 一端을 엿보여 준 것은 『불별』이요 그것의 羅列을 해 논 것은 이 選集이다. 그저 平平凡凡한 題目과 內容의 것을 만히 주어 모은 것이다. (이상 18쪽)

더구나 그것의 無意識的 불조아 兒童들의 잠고대 소리 空想的 불조아 童心的의 것밧게는 아무것도 없다. 캐캐묵은 다 埋葬하고 말어질 것들을 들추어내여서 新選集이란 美名을 부친 것이다. 더구나 우서운 것

---

01 『조선신동요선집(朝鮮新童謠選集)』을 가리킨다.

02 『(푸로레타리아 童謠集)불별』(中央印書館, 1931)을 가리킨다.

은 우리의 몇몇 동무(비교的 意識的 作品 行動을 다하엿고 作品이 있는데도 불구하고)의 것을 뽑아 너흐되 가장 불조아的 非게급的으로 編輯한 것이다. 적어도 選集이라면 좀 더 作家的 價値를 公認할 수 있는 이의 것과 있는 作品을 精選하야 어느 程度의 水準과 目的을 達해 주지도 않고 그저 羅列, 줍어 모은 것밧게는 아모 볼 것이 없을 出版한 春齋 金基柱 氏의 意圖가 那邊에 있는가를 찾어넬 수가 없어서 疑心을 거듭하는 것이다.

×

有無名을 불기하고 朝鮮의 童謠界는 只今 한 개의 方面을 定하고 푸로레타리아 리아리즘을 꾀하고 있는 過渡期에 있어서 이와 같은 無意味한 選集이 出版됨을 우리는 非難 안이 할 수 없는 것이다.

勞働大衆少年을 爲한 作品行動 作品을 바래며 選集이 있기를 바래 마지안는 바이다.

×

第一輯이라 한 것 보니 第二輯이 있을 것도 같은데 賢明한 金基柱 氏여 第二輯도 그럴라거든 헛手苦와 努力을 거더치우소서.

崔靑谷, 洪蘭波 等 ××××英雄들의 讚辭를 듯는 것으로 그대의 至上의 榮光으로 생각할진대 감히 간섭할 勇氣도 없다만은. (이상 19쪽)

『조선신동요선집』 영인 *

*　　『조선신동요선집』의 원문은 우철(右綴)이어서 296쪽부터 시작합니다.

昭和七年三月六日　印刷
昭和七年三月十日　發行

朝鮮新童謠選集

定價　四十錢

平原郡青山面舊院里二七五
著作兼
發行人　金　基　柱

印刷所　平壤府新陽里一五〇　紀　新　社

印刷者　平壤府新陽里一五〇　金　健　永

發行所
平壤府景昌里八五
電話一二五二番
振替京城四二九五
東　光　書　店

반　　　　달

韓　晶　東

서달그정
를　간동월
계
도데리두

달게아대
　　수해보
새　나들름
지무이날

반썩똑촌
울는기에
썩다별갓
엇구너더
네요서니

화로썅안
가　쓩이
　기썅안
나　
서는쓩이

내썩로그
　　고
버　기것
　썩
린고를은

금화쏘한
활살랴울
이은든님
탄업것의
다고이활

단일칠안
장　월이
　년　이안
안　이안
코이라이

버죄칠그
　다
려　석것
　가
둔도날은

은속하직
얼절루녀
겟업밧의
이다개얼
다고는겟

눈

庭　雨　梁

쌀샛오사　　　복쎄차복　　　하나쎠송
　　박　　　　돌막　되돌　　　로려　이
쌀짜날　　　　이쎄　　　　　　　스송
　　사　　　　　　　　　　　종서
한탄도박　　　는막찬이　　　일는한이

거그쎡바　　　지쎄북쎄　　　원자남합
리입통　　　　　　쏙난　　　　　최국
　　사　　　　금막　나나　　　종　　박
거소매　　　　　　　　　　　　업에
리리고삭　　　에손라라　　　일시도눈

도호도눈　　　무훌눈머　　　나사눈나
라적라을　　　엇훌오나　　　려라이려
다올다밥　　　을불는먼　　　옴질옴옴
니불니으　　　하면나나　　　니눈니니
다며나며　　　나서라라　　　다이다다

77

꽃 눈

岸 柳 金

꽃지고 닙써러진 힐벗은나무

다사로운 봄날을 쑴쑤드니만

오날아츰 송이송이 하얀눈쏫이

나무나무 가지마다 피엿습니다

앵도나무 가지에도 하얀쏫송이

살구나무 가지에도 하얀쏫송이

송이송이 힌눈쏫이 아름답다고

지졸지졸 참새들이 노래합니다

한 말·한 글

趙 宗 泣

방실방실 어린이
자미스럽게
말이 썬다 소썬다
말은 하여도

한말이라 일홈을
모튼다해서
하는이말 일홈을
일러줬지요

방실방실 어린이
얌전스럽게
가갸거겨 책들고
글을일거도

읽은그글 일홈을
모튼다해서
한글이라 일홈을
일러줬지요

눈 사 람

劉 道 順

새치설날 만드른 눈사람은요

썩국맛도 못보고 두살먹엇네

설빔으로 헌갓을 씨엇더니만

장가못간 놈이라 붓그럽대요

엄마압바 다업는 외론신세라

세배하려 갈데는 한곳도업고

썩오르는 햇발에 몸이살어저

눈세기물 눈물될 사람이래요

날　　　　　설

榮　克　尹

나이무무　　나언상우　　우아우우　　새곱우새
는집지서　　는니드리　　리버리리　　로고리치
나저우윗　　나하리집　　들지동인　　사고우새
는집지든　　는고고뒷　　의어생니　　온혼리치
설읏내아　　조정잣뜰　　절머저저　　구당설설
날소동버　　와답새에　　밧니고고　　두기날날
이리생지　　요개고다　　기도리리　　도도은은

참널울순　　참널호널　　조호색노　　내내오어
말쒸지해　　말ㅣ도을　　와사동랑　　가가늘적
조는안지　　조쒸세놋　　하내저저　　신드이게
와소어시　　와기면코　　세시고고　　어리래구
요러요고　　요가서서　　요고리리　　요고요요

고드름

柳志永

고드름 고드름 水晶고드름
고드름 싸다가 발올역거서
각씨님 영창에 달어노아요

각씨님 각씨님 안녕하십소
낫에는 햇님이 문안오시고
밤에는 달님이 놀녀오시네

고드름 고드름 녹질마러요
각씨님 영창에 바람들면은
손시려 발시려 감긔드실나

연　　　지

胡　聖　源

밤나메
외로히
지연하나가

죄업시
붓잡혀
고생하지요

발람이
살낭살낭
불어오면은

외로운
지연은
발발썸니다

어엽분
주인님
아가씨가오

기립고
그리워
눈물진대요

까치야

金 基 鎭

까치야
까치야
바람이분다.

감나무
가지에
바람이분다

감나무
입새는
어대로가고

바람이
네집을
건너단이노

◇

쌔치야
까치야
바람이운다

쟈녁에
찬바람
가지에운다.

감나무
가지에
홀에미새지

올겨울
나기에
쓸쓸하갯네

새치생원

韓仁澤

검고검은
저고리에
흰쪽기넙은

새치생원
새새새새
울기만하면

깃분손님
오신다고
쌕오신다고

울아버지
문열고서
기다리시네

쓱마젓네
쓱미젓네
참말마젓네

오늘아참
새치생원
새새울더니

제사공장
누나써서
편지가왓네

압바엄마
보고십허
못살겟다고

눈 오 는 날

金 大 鳳

눈 나리는 산빗탈 새하얀 길로

쪼박쪼박 늙은이 거러감니다

가다가다 가다간 힘이업스면

우리동리 이동리 바라봄니다

아마아마 저노인 어제저녁밥

덜덜덜덜 썰면서 잘곳찻다가

이제세지 잘곳을 찻지못해서

눈오는 날 치운대 써나는가봐

새막집기

朴八陽

눈감기고
라라라라

◇ 괄별녀
라라라라

이리저리 찻는다

손벽치고
라라라라

◇ 놀리며
라라라라

요리조리 피한다

웃지말아
라라라라

◇ 잡힌다
라라라라

아모 소리 마러라라

애기장님
라라라라

◇ 이장님
라라라라

날잡으면 용허지

올라뒷다
라라라라다

잡혓다
라라라라

뒷둥발이 잡혓다

87

눈

全鳳楠

흰눈이 흴ㅡ흴 나려오면은
길가는 도령님 센영감되고
동이인 아가씨 한머니되조

흰눈이 흴ㅡ흴 나려오면은
나무나무 가지엔 흰쏫피고요
산파들은 고요히 잠이든다요

울지안는종

南宮環

종로거리
큰종은
어째안울가

새여젓나
목쉬엿나
잠이들엇나

옛적에는
저종이
하도잘울어

서울장안
백성들은
잠을쌧다네

지금도
저종이
울어주면은

늣잠자는
우리옵아
새워줄텐데

종울치려
들어갈랴
하는수업서

안타세워
발굴니며
울엇슴니다

눈

三　奎　蔡

싸락운은 쌀ㅡ쌀 나려오고요
함박눈은 푹ㅡ푹 쏘다집니다

쌀ㅡ쌀 싸락눈을 쌀이라하고
푹ㅡ푹 함박눈을 함박이라면

나는나는 쌀업서 헤매단니는
사랑하는 내동포 주고십허요

한합박 두합박 푹ㅡ푹 퍼서
가난한 한 내동포 주고십허요

래 노 이 린 어

九　信　崔

온우우엄	윙나우우	등푸쎄드
방 리리마	윙는리리	삭
압누압	탕나압누	불 푸그르
에바나바	탕는바나	은삭닥룽
우우우일	쏙조쏙실	씀쏙탕윙
습습습 하	쏙와쏙비	벅
소다다	쏙서ㅣ고	섬 쏙탕윙
래고고는		벅ㅣㅣㅣ
가허호흠	장참색엄	졸색배실
득허호내	단말기마	고기를을
참허호내	울조쏨래	잇씀쌈법
니허호면	마와니싸	는서니니
다허호은	처서다면	데다다다

눈오는 날의생각

徐 德 出

오늘도 왼종일 눈이옴니다

쓸々이 점을도록 눈이옴니다

어린여호 외로히 우는산속에

산소엽 오막집이 울고잇겟네

병드러 죽은쌀 눈물로뭇고

솔나무 가마귀 동무를삼아

산소만 직히는 늙은이내외

눈오는 무덤엽헤 울고잇겟네

눈오시는밤

李求

새앗케 밤새도록 눈오시는 밤
아랫목 이불속에 숨을수잇소

불상한 참새하나 발발떨면서
눈우에 딩굴며 내일 홈불녀요

나는얼른 일어나 참새안어다
은방울을 채워주고 자장가 불녓소

먼—동리 다리소리메 놀나쌔보니
새벽달이 절반이나 창에 드럿소

구 진 눈

林 在 淸

구 진 눈 보슬보슬 잘도오는데
백곱호고 치워서 그래썸니다

눈싸이고 치운아참 멕이도업서
참아밋해 참새새 치워썸니다

구진눈 보슬보슬 잘도오는데
나무우에 가마귀 치워웁니다

눈날라는 추은날 배는주린데
멕이차저 갈곳업서 그래웁니다

글쓰는 등불

尹 池 月

오늘밤도
쌈박쌈박
조는 등불은

바람부나
비오나
내 동무야요

낫에는
방구석에
조을다가도

밤이면
새여서
글쓰는애기

샛쌀간
붓축을
회회두루며

아물아물
헌정에
글쓰는애기

래노의판철

泳　泰　尹

몹월오고　　달이올십　　쓸학눈나.
시 사날개　　달날 망졸 년　쓸 교도 동코 는
　 금부넘
도이러어　　이의망전　　한무도오

그업뺀착　　빈학학녯　　이다다날
넷 서 도한 세동　책교교날　교도 쌔 업부
　　　　　　상집동에　실라
날 이서고무　이은무는　　올간는터

그공공인　　늘문만집　　혼어새새
립장장영　　어허헛도　　자둔쌈쌈
습간간이　　만저답새　　직밤한한
니대대도　　가가니롭　　히이얼얼
다요요요　　요고다고　　죠면꼴꼴

얼어죽은참새

韓春惠

어머니 이것봐요 어린참새가
돌담밋해 죽어서 누엇슴니다
간밤에 모질든 처음추위에
본틀보들 떨다가 죽엇겟지요

어머니 죽어버린 어린참새를
보에싸서 쌍속에 무더줄가요
추음에 얼어죽은 불상한새가
죽어서나 뚝은이 잠을자게요

눈

煥定方

하늘에서 오는 눈은 어머니편지

그리우든 사정이 한달업서서

압바문안 누나안부 눈물의소식

길고길고 한이업시 길드람니다

겨울밤에 오는 눈은 어머니소식

혼자누은 들창이 바—삭바삭

잘자느냐 잘크느냐 뭇는소리에

잠못자고 내다보면 눈물남니다

물 방 아

全 鳳 濟

잡자리 길너내던 갈대밧헤는

함박눈이 다복다복 덥혀잇구요

풍덩풍덩 여름철엔 쉴줄모르던

우리마을 물바아는 잠을잠니다

잠자리 울고간 갈대나무는

찬바람에 이러저리 어더맛구요

잠을자는 방아산은 쓸쓸하다고

세육세육 가마귀는 슬피운다요

보리방아

늘샘

아적방아 저녁방아
쿵닥쿵 쿵닥쿵
김참보리방아 마당에
쿵닥쿵 닥쿵

◇

밤낫으로 방아품을
쿵닥쿵 팔아두
빈손울들고 아버지
돌오헛방아

◇

울아 헛방아를
쿵닥쿵 씨어두
김참 알보리만고 방은
왜모이나

세 도 울

榮 克 尹

로재갈바　토옥바커　춤먼지면
세밋지워　세로럼다　지산나산
는는자흠　만씌울란　도에간에
몰쿵거은　쉼금안소　안옥봄옥
느유렴샘　싼토고나　은토철로
고가에물　다세셔무　지씌을세

코한늬납　달엇춤산　잡눈쉼흰
골울나몰　나다추펑　자벼수눈
고에　내　라다고풍　고개고에
잇찻나숨　쉼버잇두　잇베잇씨
고건나어　싼리고루　고고고여
나만나서　다고나고　나서나서

벼개아기

宋完淳

다섯쌀된 우리집 어린아기는
눈도크고 손발도 하나다업는
벼개의 아기를 나엇슴니다

날마다 봐도봐도 크지도안코
울도웃고 못하는 젓도못쌔는
가엽는 벙어리에 아기랍니다

그런컨만 우리집 어린아기는
그것이 제가나은 아들이라고
업고서 쒸며쒸며 조화합니다

눈 오는 날

朱耀翰

눈이 펄펄 나려오네
나무장수 덜덜 떨고가네
산이 감강 뵈이지 안네

귀가 펄펄 휘날려네
종이 셍셍 우러나네
수풀이 감감 슬어지네

눈이 펄펄 나려오네
귀가 펄펄 휘날리네
손목잡고 둥둥 날아보세

석군장

失名氏

산소아페 장군석 어린애처럼
길다란 몸동이를 발가벗구서
붓그러워 안타고 마주서잇네

해가지면 우리는 집에오것만
풀속에서 잠자는 저장군석은
찬이슬 마저도 춤지안을가

바람불고 눈와도 실란말안코
달업는 밤에도 별처다보며
언제든지 저러케 망보고섯네

님 감 영

環 宮 南

주름살 럭밋해 힌럴나구요
돗븨기 안경쓰 뒷집영감님
쇠부랑 허리에 지팽이집고
쇠부랑 쇠부랑 어델감니싸

뒷동산 소나무 날이갈수록
파르르 파르르 파래가는데
쇠부랑 영감님 럭밋헤쉬염
나날이 갈수록 히여만가네

밤 ㅅ 길

鄭 祥 奎

공장에서 밤 늦도록 일다하고서
횟파람 불며불며 집오는 길은
쇠불쇠불 외줄기 산길입니다

빈번쏘 쌀낭쌀낭 쌀랑거리며
쇠불쇠불 산고개 넘어설쌔면
파―란 찬달이 우서줌니다

라너오나 아들애

壽　永　金

추내가산　　숩병호쐈　　펄산지애
으일랑직아　속아울아리　펄으겟들
면츰닙이　　엔셰홀쐈　　펄로둥아

불바한몰　　가셜병엇　　눈나지나
새람내불집몰　랑고아저　이무개오
자면만내　　닙셜리녁　　와가지너
　　　　　　히고셰에　　서자고라

가춤금아　　써바썰바　　싸입갈어
랑지어모　　러람고람　　히주퀴서
닙안오도　　젓부이부　　기러들들
새켓자몰　　단러섯렷　　전가고가
자늬야내　　다서지지　　에자서자

바람아불지마라

吳夕帆

바람아 불지마라 차운바람아

산에서 집을일흔 형데두새가

우리집 단장밋헤 새지둥굴에

외로히 두리서 잠이들엇다

싀골길

千正鉄

외줄기 좁다란 시골길은요

겨울날에 고요히 잠을잡니다

가도가도 끗업는 시골길은요

겨울날에 고요히 잡을잡니다

동리사람

姜永根

동리사람 도토리알 다주어오니

다람쥐 양식업서 굶고움니다

동리사람 나무닙을 다긁어오니

산토기 잘곳업서 추워섬니다

다람쥐 산토기는 생각도안코

동리사람 엇지그리 무심할쌔요

도적쥐

金鳳濟

울애기 앙―앙
단숨을 새치면,

밥그릇이
도적쥐 쎄고요

울애기
알락달락 콜―콜。숨쉬면,

도적쥐 바르릉。
울애기 밥먹소。

신 무 고

柳 熙 恪

수무날을 두고서 졸으고졸나

우리옵바 서울가 사온고무신

쌈안바닥 밝안코 엽부긴해도

커서커서 못신고 싸뒷슴니다

내일이면 그신이 마즐는지요

내달이면 그신이 마즐는지요

아츰마다 날마다 니러나서는

플어서 신어보군 쏘싸둠니다

비행긔

許水萬

푸르고 푸른 바다 하날 바다에
한 척에 적은 배가 써나감니다
붕붕붕 쏘붕붕 소리치면서

한믜되만 파도소래 안치는 바다
푸르기만 푸르른 고요한 바다
붕붕붕 적은 배가 써나감니다

남쑥나라 구름바위 그밋테서요
북쑥나라 구름바위 그압쌔지를
붕붕붕 소리치며 써나감니다

길일흔싸마귀

李定鎬

달밝은날 저녁에 싸마귀하나
길을일코 혼자서 푸른하늘노
정처업시 울면서 나려가노나

먼―동네 등불도 써지려하고
찬서리는 날개를 적셔오는데
싸마귀는 어대로 울며가나

길을일흔 세마귀 푸른하늘로
엄마품이 싸마귀 춤기는해도
엄마엄마 차저서 울며간다네

할머니편지

廉根守

할머니
연필은
버선본연필

일학년
단닐째
나쓰든연필

할머니
편지는
씩부랑편지

돗보기
쓰고쓴
눈물의편지

할머니
부탁은
잘되란부탁

숫쌔지
훌륭한
잘되란부탁

고초장

申孤松

항아리속
초장치고
발보당이면서
우는쌀
맛을보다가
와아와
배가곱하
먹엇누
먹엇늬

마님눈살
혓삿이피하며
싸갑다고
쒸는쌀
맛을보다가
와아와
배가곱하
먹엇누
먹엇늬

손구락에
쏙쏙어
호호생생
매워서도
맛을보는쌀
라가
와아와
배가곱하
먹엇누
먹엇늬

가을국화

李丙翊

가을날에 핀국화 붉은입술노
맑은향긔 토하며 웃고이서도
찻는나븨 업다고 설게움니다

가을밤에 온서리 아조무서워
붉은연지 곤향긔 쓸어진다고
소리업시 혼자서 슬피움니다

서래아무나행은

鄉　水　金

멀바은오　　은누오백　　들뒷누둥
리　행늘　　행　신리　　에　나넘
　람　나밥　　　나다　　　동하
게　나밥　열　다　　가　동하
신에무은　　매를는길　　신산고어

누한입시　　싸붓그읍　　엄은저콩
　님　월　　　　내　　　행녁밧
나　사에　　주잡날장　　마　갈
　두　　　　　　　　　낭
가넙귀도　　머고도에　　틀게밥든

그썩단달　　달목해가　　기기지엄
러러풍이　　내노가신　　다대어마
읍지드밝　　엿아저엄　　렷안두더
다는러은　　다울무마　　다저고릴
오 대서밤　　오제러가　　요서서쌔

닥근콩

趙梅英

하로종일 닥근콩 저만먹더니

큰댁도령 배운글 다세먹엇네

닥근콩을 먹다가 졸니전는데

선생님의 양썩이 약이라드라

내가내가 닥근콩 조심달나면

쏙정콩에 침발너 던져주드니

큰댁도령 그래서 죄가젓구나

선생님의 양썩을 맛좀보아라

달 • 달

崔 仁 俊

평양서 본 달은 소반갓튼 달

고향까지 칠백리 갓치오면서

밤마다 외론나를 직히여주든

그달이 오늘밤엔 왜안쓰나요

넓고넓은 한울길 너무머러서

감기가 들럿나요 발병낫나요

단풍닙

尹石重

버선깁는 아가씨 착한아가씨

어서.어서 이문좀 열어주세요

서리발이 치워서 쏭쏭언손을

애기자는 요밋해 녹여주세요

가을달이 밝건만 갈곳이업서

들창문을 흔드는 단풍닙하나

엄마압바 다여인 가연몸이니

자장자장 하로밤 재워보내요

밤 을 가

齋 春 金

나나문깁	잘잘작깁	찬찬들깁
무무창허	곳곳고허	바바창허
우우으가	업업작가	람람문가
에에로는	서서고늡	에에을는
새새엿가	헤헤부가	쏘쏘두가
파파본는을	매매르는을	겨겨다린을
란란게밤	는는게밤	온온게밤
달달누외	귓귓누고	나나누쓸
이아구로	드드구요	무무구쓸
가가일운	람람일한	넙넙일한
씨씨가밤	이이가밤	이이가밤
지지요에	지지요에	지지요에

소의 노래

劉天德

나는 나는 참말이지 큰일 순이지
봄이 되면 거름 실고 밧울 갈고요
여름 되면 쌈 흘니며 휘치질 하고
가을 되면 익은 곡식 거둬드리고
거울에도 쉴새 업시 방아 둘 쎗네

그럿건만 심술구준 사람들은요
무건 집을 실고 가다 힘이 둘어서
조끔 쉬면 씰씰하며 욱질울 하며
챗직으로 사정 업시 매를 째리니
야속하고 무정한게 사람이지요

싹 독 김 장

金 靑 波

이집서도
저집서도
싹뚝
싹뚝
싹뚝
싹뚝

싹뚝
김치
써러내죠
싹뚝
싹뚝
싹뚝
싹뚝

기단무이
썔안고초
쇼강배채
놀알생강

싹뚝
싹뚝
싹뚝
써러내죠

래 노 의 나

環 宮 南

도어듯울	도내어울	도내듯할	도내캐할
도데기어	도노른아	도노기머	도가케아
미어실머	미래들버	미래실니	미부묵버
솔데흔니	솔는의지	솔나흔의	솔는은지
솔내노노	솔고노노	솔조노노	솔노노노
라노래래	라읍래래	라용래래	라래래래
솔래는는	솔게는는	솔이는는	솔나는는
솔들춘춘	솔나걸걸	솔들십십	솔들맥맥
파어항향	파오걸걸	파어청청	파어나나
미보이이	미는한한	미보이이	미보는는
레시노노	렌노노노	레시노노	레시노노
도요래래	도래래래	도요래래	도요래래

귀드쓰람이

韓泰泉

귀쓰람이　귀쓸귀쓸　로방밋헤서
글닑는　내시눙　잘도넘니다.
조선책을　닑어도　귀쓸귀쓸쓸
일본책을　닑어도　귀쓸귀쓸쓸

◇

대문밧게　신소리　압바오시나
글잘닑는　나주랴고　과자사오녜
귀쓰람이　압바도　과자사오나
로방밋헤　귀쓸람이　귀쓸귀쓸쓸

우리애기 행진곡

尹石重

엄마압헤서 싹싹궁
압바압헤서 싹싹궁

엄마한숨은 잠자고
압바주름살 퍼저라

들노나아가 쑤루루
언니일터로 쑤루루

언니언니 왜우루
일하다말고 왜우루

우는언니는 바보야
웃는언니는 장ㅣ사

바보언니는 날실혀
장사언니는 내언니

햇님보면서 싹싹궁
도리도리 싹싹궁

울든언니가 웃는다
눈물싯츠며 웃는다

가을밤

李貞求

가을밤 외로운밤 버레우는밤
도갓집 뒷산길이 어두어질쌔
마르솟헤 나와안저 별만헴니다

어마품이 그―리워 눈물나오면
마르솟헤 나와안저 별만헴니다

가을밤 고요한밤 잠안오는밤
기럭이 우름소래 놉고나질쌔
누나정이 그―리워 눈물나오면
마르솟헤 나와안저 달만봄니다

장대목골

松 孤 巾

어머니 날보고 수지람마소
옷고름 쨴것이 그리죄되오

이태펙도 골목에선 힘이세다고
골목대장 골목대장 불너줌니다

울 가

崔 順 愛

댑싸리나무 한아름 고염나무한포기
뜰압헤서 조우는 암닭한머리
우리집 마당은 고요합니다

서리마저 시드른 풋고초하나
햇볏보고 다시사는 호박순아기
우리집 가을은 고요합니다

집보는 아기노래

重石

아버지는 나귀타고 장에 가시고
할머니는 건넌마을 아젓씨댁에
담배먹고 맴맴
고초먹고 맴맴

할미니가 돌썩바다 머리에 이고
쇼불쇼불 산골길로 오실쌔 써지고
담배먹고 맴맴
고초먹고 맴맴

아버지가 옷감써서 나귀에 실고
쌀낭쌀낭 개넘어 오실쌔 써지
담배먹고 맴맴
고초먹고 맴맴

엽　락

南　文　龍

압쓸과뒷쓸에
병들은나무닙

사나운바람에
우수수지누나

누런닙쌀안닙
손갓흔단풍닙

솟보담별보담
고은닙지누나

압집에도련님
뒷집에아가씨

나하고서잇서
나무닙줍자나

각 생 바 옵

崔 順 愛

씀북씀북 씀북
씀북새 논에서 울고
백국백국 백국
백국새 숲에서울 제

우티옵바 말타고
서울가시며
비단당기 사가지고
오신다더니

기럭기럭 기럭이
북에서오고
귀쓸귀쓸 귀쓰람이
듧히울것만

서울가신 옵바는
소식도업고
나무닙만 우수수
써러집니다

물망초

南宮環

저들판에 고개숙인 쫄은둘망초
한들한들 봄바람이 그리웁지만
가을날의 바람은 쌀쌀하다고
오늘밤도 별밋헤서 우노랍니다

저들판에 고개숙인 푸른물망초
종다리새 우름소리 그리웁지만
귀뜨람이 우름소틴 얄미웁다고
오늘밤도 별미테서 우노랍니다

기럭이

尹福鎭

울 밋헤
귀ᄯ람이
우는 달밤에

길을 일혼
기럭이
날너 감니다

가도가도
숫업는
넓은 하늘로

엄마엄마
차즈며
홀너 감니다

오동닙히
우수수
지는 달밤에

아들 찻는
기럭이
울며 감니다

엄마엄마
울고간
잠든 하늘로

기럭기럭
부르며
차저 감니다

각 생 향 고

金 柳 岸

저산넘어 새파란 하눌아래는
그리운 내고향이 잇스렷만은
철러말러 먼짱에 써난이몸은
고향생각 그러워 눈물지누나

◇

버들숩 두던에 모여안자서
풀피리 불며놀든 그러운동무
오늘은 무얼하며 놀고잇슬새
생각사록 내고향이 그리웁고나

차　　긔

信　一　睦

밤우덜다	오머흰굴	원푸하가
낫령걱러	고나연너	ㅣ파로다
으덜나	가먼긔가	종푸종가
로찬걱다	는길틀다	일파일다

가긔굴멉	나가쎄멉	가가긔멋
고덕너	그는부	고푼
가소가 추	네사면 추	가슴 차추
는리는고	의람서고	는을는고

나힘저쏘	길나달쏘	나내나쏘
그차긔다	동러니굴	그여그다
네개차라	무는는너	네쉬네시
라불는나	라사긔가	라면라가
오며요고	오람차고	오서오고

나 무 닙

千 正 鐵

오늘아침 창밋헤 나무닙이요

옹기종기 옹크리고 모혀안저서

어제저녁 바람은 대단햇다고

소군소군 하면셔 발발섭듸다

학교가 그리워

李 東 珪

학교길이 그리워 학생들이 부러워

신문을 접어들고 학생노리 해빗의

글씨가 쓰고십허 공부가 하고십엇

가로긋고 치굿고 함부로 읽어봣네

체조를 흉내내라 작댁을 둘너메고

압흐로 답흐로 소리치며 해밧네

단풍닙

姜順謙

하얀서리 보고서 누른단풍닙
가을광고 하누라 비라쌕리네
마을에도 들에도 놉흔산에도
바람써라 우수수 작고쌕리네

◇

울탈밋헤 버래들 비라보고서
너머슙허 밤이면 작고웁니다
추워지니 슙흐긴 하리라만은
쉬오리니 명년봄 울음숏처리

눈ᄯ는가을

徐德出

가을이
한울이
나무닙

가을이
버레가
나무닙

눈한번
파라케
병드러

눈ᄯ면
처랑히
장네가

힐솟ᄯ더니
놉하지고요
노랏습니다

달도밝아서
우름우는밤
ᄯ저나감니다

고다온이을가

東　美　金

바람바람 칼바람 가을온다고
오동닙 바시락 써러지고요

장독간 감나무 가을온다고
닙사귀 사르르 붉어지노나

가을

張永實

서리마저 써러지는 나무닙은요
바람맛처 쓸우후로 몰너단이며
가도가도 갓치가자 속삭임니다

속삭여도 못맛나는 숨혼신세는
강물우에 흘러가고 산으로가고
밤람바람 눈물지며 흐터집니다

회人바람

尹石重

팔월에도 보름날엔 달이밝것만

우리누나 공장에서 밤일을하네

공장누나 저녁밥을 날너다두고

휘人바람 불며불며 도라오누나

가을밤

柳村

바람이 지날적
초생달 넘으며
할머니 이애기
선선한 가을밤

나무납우네
버래도우네
자미잇서도
쓸쓸하구나

가을

金麗水

가을바람 우수수 불어오면은

나무나무 입사귀 써러집니다

우리압쓸 마당의 오동나무도

입사귀를 원쓸에 써러놈니다

우리옵바 학교서 도라오면은

갈귀차저 락엽을 글거봄니다

오동입새 원종일 글고글거도

작고작고 한업시 써러집니다

이 람 쓰 귀

金 魚 草

살냥살냥
바람부는
초가을밤에

섬돌밋헤
귀쓰람이
옷다듬어요

차운겨울
지날입성
만드누라구

밤새우며
쓱싹쓱싹
옷다듬어요

가을

金　思　燁

오동입새 한닙두닙 써러지는밤
주추돌밋 커쓰람이 구슬피울고
나무닙헤 달―빗치 새여나릴제
삿분삿분 가―을은 차저옴니다

물방아러 넷―못에 갈닙덥히고
곱게붉게 나무풀닙 물드러지면
파아란 하눌은 놉하가구요
삿분삿분 가을은 차저옴니다

추 석 날

金 東 煥

누나는
방아 선가서
쿵떡
방아
더
쿵

추석날 나는
엄마 엄마
졸르마

엄마 엄마
돈 벌어 오마야

생전엔
생사리하드니
엄고 생마리야
드니

쿵떡합
더방지
쿵아박

명년
추석엔
엄무마덥야에엔

부석 어
르노 머
며코 니

이집 저집
도라 가서도

산소 가서
읍는감 낫코
네코

우리 오누이
비해 세우리
평안히 쉬소리

도라단니며
비석 하나 없네
비석 해 세우리네

쿵쳇이
더는
쿵다고

149

부　　　체

承　必　安

집하노나　　가쓰아대　　집은노우
집얀랑도　　다어버문　　집제랑터
마봉복나　　가데님샨　　마돈복집
다루장도　　는로쌔에　　다저장에

한노병이　　돌가오나　　편쉬병오
장랑정담　　야나는아　　지저정는
식봉구에　　서하편가　　틀안구체
들루두는　　서고지서　　요코두부

노모가체　　웃서나놀　　돌가키나
나아방부　　고서를고　　라방적어
주가메가　　감보주잇　　주메은린
저지고되　　니라어스　　어고체체
요고서여　　다면요면　　요서부부

늙은잠자리

煥 定 方

수수나무 마나님
조흔마나님

오늘저녁 하로만
재워주세요

안이안이 안되요
무서워서요

당신눈이 무서워
못재웁니다

◇

잘곳이 엽서서
늙은잠자리

바지랑대 갈퀴에
혼자안저서

치운바람 서러워
한숨쉬는대

잠나무 바른님히
써러짐니다

151

팔월대보름

韓泰泉

압집에 지집넘새 맛홀수업서
뒷집에 노리넘새 건널수업서
버레우는 뒷산에 올나룰갓소

◇

팔월보름 둥근달이 지집넘갓해
맛나는 동그란 노리덥갓해
버래쎠라 이한밤을 산에울엇소

기다리는 옵바

柳 在 衡

우리 옵바 아츰부터 장에 가신 후

나무지고 좀쌀 팔러 장에 가신 후

어쩌자고 밤이 돼도 오시지 안나

도라오는 마을 고개 밤이 들면은

집승들이 산을 타고 내린다는데

어쩌자고 밤이 돼도 오시지 안나

실 마 의 국 남

원　　평

배수남엿	돌피남엿	바돈남엿	성가남엿
곱무 국정	아리 국정	늘 엽국정	낭 난국정
하나	서불	한	한
서무의울	서든의을	개손의을	퉁한의을
우그마 쌍	우동마 쌍	사어마 쌍	사아마 쌍
는늘실 쌍	는생실 쌍	는머실 쌍	는버실 쌍
걸에울	걸이울	걸너을	걸지울
나가돌쑤	너불돌쑤	나누돌쑤	나헌돌쑤
는엽고다	는기고다	는덕고다	는갓고다
밧손도리	밧솟도리	밧이도리	밧을도리
지누라면	지처라면	지내라면	지내라면
요나서서	요고서서	요고서서	요고서서

석 칠 월 칠

교 홍 덩

다푸그그　반견하은　비아오지　그돌옥오
만든　럽러　갑우　하　방춤　날난　립　마황날
다．바　　고성　날강　울브　난해　고
만다든나　도파엔엔　노터밥해　도다．쎄이

애동말하　반직새금　쌍저겨풀　구단미칠
　　하로　치　돗　녁우지　한움월
석실　기밤　가녀　들　새　새만못　슴　번밧칠
해쎠전이　운성이단　지지나한　흔식아석

눈놀어쉬　견맛다．은　저눈풀슘　견맛혜견
물도언도　우나리배　젓물개흔　우나여우
단못지가　직개를띄　슴만되정　직개저직
주하내지　녀하노우　니녀노회　녀되간녀
룩고가요　날는아고　다서니를　날면후날

두루맥이

鮮于萬年

압바의 두루맥인 크기도하지요
우리야 세형제 쓰고서누어도
그래도 두어쪽이 쏘남들걸요

압바의 두루맥인 크기도하지요
술네잡이 하는애 모다들숨어도
그래도 넉넉하고 쏘남는걸요

씃

朱　耀　翰

나는 조고만 봉사씨외다
새만 돔흘로 뒤여굴러서
검은 흙속에 썩히는 뜻은
봄에 고운 나렴이외다

나는 풀입에 이슬한방울
해빗 찬란한 아츰써나서
어둔 돌틈에 스러지는뜻
넓은 바다로 가렴이외다

나는 조선에 어린이외다
봄 정성을 아심이업시
하로하로 샀하로 배우는뜻은
조선을 빗내 보렴이외다

밤　달

榮　智　劉

은가루 쎅린듯한 달밤곤밤에
실안개 둘니엿네 건넌산기슭

실개천 흐르는물 달빗에빗처
비단걸 문의들이 돗치여지네

부엉새 우름우네 설개도우네
축은색기 그리워 설개도우네

흐르는 달빗바다 오색불켯네
이슬초롱 달년네 잔되밧우에

배소래 들려오네 처랑하개도
태백이래 달건지든 그배안인가

잠자는 방아

申孤松

더운날
접도록
보리를셋고

고달픈혼
두다리
달빗헤셋고

방아는
고요히
잠을잠니다

울밋헨
반듸불
파랑춤추고

뒷논엔
맹꽁이
합창하것만

달밤에
방아는
잠을잠니다

쑴 의 지 거

一 昌 宋

냐그쏠돌	즐그쏠돌	우그쏠돌
도래이다	기래이다	리래이다
잇쌔쏠터	는쌔쏠터	모쌔쏠터
다도이에	날도이에	를도이에
압이못쓰	나이더쓰	압거숭쓰
장쌍낫덕	도나렵덕	세지하덕
선사다쓰	나라다쓰	삼애다쓰
다람고덕	도쌍고덕	울에고덕
이쯜손조	춤쩜춤조	보그웃조
런겨질는	줄은밧는	고쑴지는
쑴쒀말거	쑴무지거	잇속를거
쏜는아지	쏜리마지	단에마지
다날라애	다룰라애	다는라애

잠자는 아기

宋完淳

나무아래 아기가 활개벌니고

색은색은 고요히 잠자고잇다

나무닙히 서로들 가리여준다

나무새로 비취는 쓰건햇볏츨

잡자리도 날러와 아기얼골에

모여안준 파리를 쫏고잇고나

조심하서요

李允月

새처들만 안고가는 전신주색지
전선공부 아저씨 용하게안저
압만보고 쑥싹쑥싹 일하고잇네
조심해요 써러지며 엇써케해요

우리형님 지난겨울 굴둑후비다
써러저서 팔다리 병신됫서요
우리집 밥줄이 써러젓서요
조심해요 써러지면 어써케해요

同情

李影水

복동아
북관도에
물이 낫단다

순회가
길새에서
울고잇겟지

어머님
아버님을
이저버리고

홀—홀
어린몸이
설고잇겟지

복동아
엄마보고
연필산다고

서푼만
라두엇다
한푼남겨라

내것과
모아보고
두푼이되면

불상한
순희에게
보내주자마

허재비

李貞求

허재비야
이밧헤
새가한젓다

장마 옷해
논밧이
다써나가고

하로가리
밧한쎅이
겨우남어서

오늘내일
이목숨을
엿보고잇다

허재비야
이밧헤
새들보어라

허재비야
이밧헤
춤을춰다고

아버님이
팔장세고
문턱에안자

아침붓터
온종일
궁리만한다

새먹이는
곡식으로
사람살니면

허재비야
초훈일을
너도허잔늬

하로사리

劉祥鉉

하로사는 하로사러 불빗치그려
쓰거운빗 무릅쓰고 덥비여들다
가엽시도 죽고마는 하로사리여

◇

하로사는 그하로도 고히못사러
밝은빗을 차저려고 모여들다가
등불아래 쓰려지는 하로사리여

◇

165

새 ● 솟 ● 눈

鈴　　毛

하얀눈 하얀눈 엇째서하얏노

마음성 맑으니 하 야 치!

샛안솟 샛안솟 엇째서샛아노

마음성 엡써니 샛 아 치!

파랑새 파랑새 엇째서파라노

파란콩 먹어서 파 라 치!

기다리는 배

尹用淳

모래성을 설혼번 돌고돌아도

기다리는 그배는 오지안쿠요

하로종일 나루배만 왓다갑니다

파랑별을 하나둘 해고잇서도

기다리는 그배는 오지안쿠요

나의눈엔 구슬별이 매저집니다

낫에나온반달

尹石重

낫에나온 반달은 하얀반달은

햇님이 쓰다버린 쪽박인가요

쇄부랑 할머니가 물길너갈쌔

치마밋헤 달낭달낭 채워줫스면

◇

낫에나온 반달은 하얀반달은

햇님이 신다버린 신싹인가요

우리애기 아장아장 거름배홀쌔

한싹발에 샬싹달각 신켜줫스면

◇

낫에나온 반달은 하얀반달은

햇님이 내다버린 빈빗인가요

우리누나 방아셋고 압흔팔설쌔

홋튼머리 곱게곱게 빗겨줫스면

오주너불만래노

坡　蘭　洪

노동나밧어	울노나울어	단노나잡어
래리물개머	다래물기머	잡래물안머
가집만서니	도만만만니	이만만이니

듯아미논어	싱불마한어	솔불마잔어
고기서다머	썻너시다머	솔너시다머
십씨요고니	웃는 주요고니	온주요고니
더들	다시	다시
오의	오면	요면

169

여 름 밤

韓 晶 東

긴온밤　　감간밤　　귀풀밤　　논빈밤
밤　도　　은　도　　쏘　도　　　대도
　종　　　　봄　　　　숫　　　밧　밤
내　밤　　눈·밤　　람밤　　　벼
내일도　　에에도　　이해도　　가록도

아종고　　아북눈　　동구달　　반모무
　달　　　　간나　　무슬　　　　　더
츰　요　　득　리　　　　밝　　되걸
　새　　　　도　　　삼알　　　불
것만한　　여로는　　아도은　　만내운

자솟봄　　새가겨　　찻춤가　　싸잡여
누는철　　운신울　　누춘울　　누잘름
람듬의　　담형의　　람다외　　람수의
니이밤　　니님밤　　니길밤　　니업밤
다라은　　다이은　　다·내은　　다서은

어머니

朴英鎬

꼿합에 울을굴녀
노래를 지옵기는
갓남봄 도라올제
엄마올길 지럿더니

황금빗 옥수수가
수염을 쓸것만도
한번가신 어머님은
소식조차 업스시네

171

산　새

信　一　睦

산에사는 산ㅅ새는 가여운새는
비비배배 노래하며 어데로가나
가도가도 숫업는 깁흔산속에
외로히 울다울다 쉬고잇겟지

산에사는 산ㅅ새는 처량한새는
어둠캄캄 이밤엔 어대서자나
느러진 어린날새 고단하여서
가다가다 숩헤서 자고잇겟지

나 팔 꽃

高 長 煥

압뜰에
나팔꽃이
아츰만되면
고개들고
이러나
소리합하야
한앗둘
세ㅅ넷
아츰됏다고
라라라
나팔붐니다.

뒤뜰의
나팔꽃이
아츰만되면
자지빗
얼골들고
우슴우스머
아가씨
도련님들
니러나라고
라라라
나팔붐니다.

압뒤뜰
나팔꽃이
아츰만되면
해도스기
전부터
먼저이러나
일제히
나팔들고
아츰됏다고
라라라
나팔붐니다.

173

꿈

張　孝　燮

누람구 병아리 엄마등우에
느르히 잠자는 느진봄날에
양치든 총각도 잔듸밧우에
설흔꿈 압흔꿈 수고맘니다

누른논 한가운데 허잽이렁감
원종일 잠자는 느진가울엔
장대숫헤 제비도 머리숙이고
고향숨 그리운숨 수고맘니다

이상한 나라

昇應順

밤마다 갓다오는 이상한 나라

그곳에는 어엽븐 꼿밧이잇고

노랑새 샛앙새 쌔를지어서

저녁노을 하늘을 노래합되다

밤마다 노다오는 그리운 나라

그곳에는 훌륭한 대궐이잇고

새하얀 선녀들이 싹을지어서

파릇파릇 봄동산에 춤을춤니다

네그.나는가녀흘

崔靑谷

사랑하는 어머니
나는갑니다

알수업는 나라로
나는감니다

부듸부듸 안영히
개시옵소서

가라하는 아버지
나는감니다

인정업는 아바지
나는감니다

나째문에 어든돈
무엇하세요

나에집과 비달기
잘들잇서요

지금가면 언제나
만날는지요

요술쟁이 아저씨
써라감니다

갈닙배

嚴興燮

갈닙배에 소곰쟁이 뱃사공삼어
갈밧사이 적은내에 씌워노으면
가는곳은 한울곳 물나라래요

물길천리 가도록 풍파업서서
물나라에 평안이 다다르면은
고기잡어 실코셔 도라온대요

한번씌워 보낸배 소식이업서
열척백척 닙실어 보내엿것만
나려가면 갈사록 소식업대요

갈닙배에 소곰쟁이 뱃사공삼어
갈밧사이 적은내에 씌워노으면
가는곳은 하늘곳 물나라래요

늙은배사공

물새

먼길온　배사공　검은수염은
갈매기　털빗이　부럽던지요
배간잡　십년에　야속하게도
하나도　남지안코　세여버렷네

대패밥　벙거지는　오늘새지도
낙발한　머리에　씨워잇는데
살엽는　팔목엔　맥이풀니여
갈길은　멀건만　배질은　늣네

허잽이

方定煥

누른논에 허잽이
우습고나야
입은벌너 우수며
눈은성내고
학생모자 쓰고서
팔은벌니고
장재들고 섯는쌀
우습고나야

누른논에 허잽이
우습고나야
적은새가 머리에
올나안저서
이말저말 놀너도
모른체하고
입만벌너 웃는쌀
우습고나야

179

잠자는 송아지

鄭明杰

시냇가에
송아지
잠을잠니다

싼듸포단
언덕에
쌔아노코요

엄마업시
외로히
잠을잠니다

엄마업시
잡자다
가엽순쌔지

종달아씨
자장가
불너주고요

실바람은
등설미
쓰러줌니다.

거름배는애기

汶 駿 車

지척지척 거름배는 어엽분애기

한발두발 발세기가 몹시어렵다

오른발을 세다가는 주저안고요

윈편발을 옴기다간 어푸라질째

달낭달낭 혼들니는 어엽분방울

거름배는 엡분아기 힘도아주네

변강의째질해

曙 春 馬

해질째에 강변은 고요하구나

흘너가는 강물은 금파도일고

닷감는배 고기밴 황금배되며

갈매기도 금빗에 새옷넙누나

금물우로 고요히 가는저배의

돗을저며 부르는 사공의노래

넘는해와 물속에 살녀지것만

내노래는 내맘서 써나자안네

쏘각빗

申孤松

행길가에 써러진 쏘각빗하나

어느색시 머리에 꼿첫던걸가

길가는 사람마다 발길로찰째

넷님자 ◇ 그색시가 그리웁겟네

찬바람에 구즌비 흣날닐제면

낫님은 고훈경대 더그릴것을

이길가 저길가로 채여만단녀

쏘각빗의 신세가 가엽습니다

조 희 배

金 光 允

서쪽하눌 붉으레 구름엿피고

엄마일흔 갈매기 숨히우는데

물소리 조용해진 이강변에서

조희배가 두둥실 써나감니다

◇

나젊은 어린개미 두분실고서

돗대도 안이달고 홀로떳서요

해점은 이저녁에 바람은잔데

구비구비 돌아서 어데로가나

선 풍 누 비

李 元 壽

무지개를 풀어서

오색구름 풀어서

둥그레한 풍선을 만들어서요

달나라로 가라고 가라고

꿈나라로 불어서

고히고히 날니웁니다

185

반　달

尹　克　榮

푸른하날 은하수 하얀쪽배에
개수나무 한나무 톡기한마리
돗대도 안이달고 삿대도업시
가기도 잘도간다 서쪽나라로

은하수를 건너서 구름나라로
구름나라 건너서 어대로가나
멀니서 반짝반짝 빗초이는곳
샛별에 등대란다 길을차저라

장가간 별님

韓泰泉

은핫강 건너로 장가간별님

조선하늘 도라올줄 웨모르실가

×

늣게쓰는 반달배엔 아모도업시

동생별들 오늘밤도 울어샘니다

무지개

柳熙恬

알숭달숭 무지개
선녀들이 건너간
누나하고 나하고
고은더리 그다리

무지개 고은무지개
건너간 오색다린가
나하고 뭉둥써올라
그다리 건너밧스면

알숭달숭 무지개
선녀들이 두고간
허히둥실 써올라
누나하고 나하고

무지개 고은무지개
두고간 오색서인가
써올라 쑥써여다가
나하고 매여밧스면

소낙비

許文日

북쪽에서
오는구름
로서아병정

서쪽에서
오는구름
불난서병정

섬은복장
입고서
모여들더니

당장에
왼한울에
란리가난네

대포소래
우루룽
불빛치번쩍

쏙겨가고
싸라가고
잘도씨호네

햇님은
어데가고
안보이나요

아마도
무서워서
숨은게지요

평펑줄줄
쏘치는
저비방울은

은하수가
넘어서
나려오나요

구름걸니는
무지개다리

병정들이
놋코간
철교인가요

189

반듸불

張孝燮

반듸불이 반싹반싹 등불을잡고
밤새도록 무엇그리 찻고잇는가

나는엄마 가신나라 차저가는몸
길못차저 여긔서 울고섯는몸

반듸불아 너일그리 급하잔커든
내갈길 조금만 밝켜주러마

어머니가슴

朴乙松

어머니
얼골만
가슴은
무드면
잠드는 가슴
잠이오지오

◇

어머니
머리만
가슴은
대면
꿈나는 가슴
꿈이오지요

◇

어머니
고단해
가슴은
누으면
비단솜가슴
포근합니다

무 명 초

尹 福 鎭

천년이 만년이 됫는지 됫는지

다허러 저가는 늙은 집웅에

한포기 간엷은 풀 낫네 풀낫네

◇

천년이 만년이 되여도 되여도

풀일홈 암오도 몰나서 몰나서

지금도 무명초 사람이란다네

옥 토 기

鮮于萬年

밝고밝은 달나라 옥토기가요
게수나무 아래서 자고잇서요
새ㅣ하얀 솜구름 잡어쌀구요
아름,다운 꿈속에 드,러잇서요

옥토기가 누엇는 구름송이를
이웃나라 별아씨 몰내쌔가도
아름다운 꿈속에 옥토기는요
구래도 모르고 꿈만꾸어요

193

엄마품

許三峯

세상제일 조흔곳이 어대인가요
어름수박 능금사탕 파는데지요
아니아니 안이야요 거긴안이야요
돈업스면 못먹는게 무에조와요

세상제일 조흔곳이 어대인가요
활동사진 말광대의 노는대지요
아니아니 안이야요 거긴안이야요
그곳에도 돈안주면 못드러가요

세상제일 조흔곳은 우러엄마품
돈안줘도 포근포근 안어주고요
엄마품에 안기여서 잠이들면은
놀기조흔 꿈나라의 다려다줘요

바다

河圖允

바다는
적은 배
동―실

바다는
큰 배를
동―실

몹시 넓어요
모다 태우고
춤만 추어요

바다는
고기를
빙―글

바다는
모도다
빙―글

어머님 갓치
가심에 폼고
웃기만 해요

195

푸른 언덕

尹福鎭

푸튼언덕 져편엔 누가사나요
키—다러·버드나무 둘너섯는데
조—고만 초가집이 아른합니다.

푸튼언덕 져편엔 누가사나요
아침연긔 오를센 새쎄가날고
져녁연긔 오를센 연이날어요

초　　　란

原　平　安

란초님

노란님
햇볏해졸지오

암닭이

한마리
조으러하나

이웃집

아기가
쏫으러하나

연제든지

두어서
말너두어서

쏫피는

그새를
보고야말지

밧 꼿

翰 耀 朱

나발꼿이 피엿네
백일홍이 피엿네

봉사낭개 맷친씨가 여무럿네
봉사 샴아 케여무럿네

봉사 새벽엘 랑여무럿 밧지마라

봉사내개 맷친이슬 치마자락 다졸큰다

봉사낭개 거미줄이
빗은머리 얼거준다

엄마별

申永均

샴박샴박 엄마별
반짝이드니
어느샌지 어듸로
사라젓서요

샴박샴박 엄마별
반짝이드니
웅애웅애 애기별
젓먹이라고
구름나라 저집으로
도라간게죠

샴박샴박 엄마별
반짝이드니
장에갓든 압바별
마중하러고
강건너 저족으로
사라간게죠

샴박샴박 엄마별
반짝이드니
어느샌지 어듸로
사라저서요

샴박샴박 엄마별
반짝이드니

199

녀름밤

張孝爕

녀름밤은　이밤은　놀기조흔밤

버레소리　처량이　들녀오는밤

모밀꼿에　반듸불　집을짓고요

맑은이슬　꼿닙헤　잠을자는밤

어머님은　등밋헤　옷을짓고요

내동생　한울보고　별세우는밤

여름밤은　이밤은　가지마라요

놀기조흔　이밤은　가질마라요

봉　선　화

李　貞　求

비온뒷날　봉선화　눈물흘녀요

여름햇벗　너무써　애숙하다고

샛―쌁안　눈물을　쫄쫄흘녀요

나븨난　날너서　햇빗가리면

그래도　조곰은　더자리련만

응달을　못보아　더설읍대요

201

이 씅 맹

昌 大 金

장마비 나리는 시내새에는
다복다복 엄마무덤 눈물로 뭇고
구슬푼 이한밤을 새고쓰면서
맹씅이 오누가 눈물지워요

장마비 나리면 시내새에는
엄마의 무덤속 물이드러서
장마비 엄마무덤 허러진다고
맹씅이 오누가 우름울어오

노 을

韓 英 柱

분홍빗 저녁노울 물드립니다

누나방울 분홍으로 물드립니다

싀집간 누나의 쓸쓸한방은

분홍빗 빗치여서 입버집니다

해지고 어두우면 쓰쓸쓸하지

주인업는 뷘방은 쓸쓸해저오

아마도 분홍빗 저노을은요

누나방울 물드리려 생것나뵈요

씌집가는누나야

南宮人

내가내가 올봄에 심은봉사씻
한님한님 모조리 쓰써다가는
열손구락이 고흐라고 물되렷지야

이제보니 고흐라고 물되틴줄만
되흐라다야 이호럿줄만 아아럿더니만
씌집갈째 멋출전부터야 내가알지야

이젠이젠 정말로 씌집가려면
장쏙간에 봉사씻을 피여놔라야
내가내가 애써십은 고운봉사씻
오늘내로 이전처럼 피여놔라야

봉 선 화

鄭 明 杰

빨안물감 팔너간 빨안봉사가

쟁씨는 햇볏헤 더위먹고서

초록남게 매달녀. 힐덕이는대

팔팔 팔팔 하얀나븨 나려와서요

팔낙팔낙 붓채질 하야주면서

다정하게 귓속말로 위로합니다

포푸라

崔京化

밝은햇님에게다
금빗우슴 반기는
포푸라닙새

새파란 하늘등을
두다리는
포푸라가지

가볍게
六月의 정한쓸과
입마추는

정다히
포푸라그늘

물 냇 시

高 永 直

거울갓흔 물도요
나무그늘 가면은

도레미바 솔나시요
깃분소래 하고요

도레미바솔나시
그노래가 조와서

방울방울 은방울
나븨춤을 춤니다

해변의 소녀

金　泰　午

아마득한 먼바다에 해써러지니

조개줍든 아이들은 집차저들고

물결우에 춤을추든 어린물새는

십리ㅅ길 섬속집을 차자가건만

바다ㅅ가 밤바람은 쓸쓸도하고

실낫갓흔 초생달은 기우러진데

고기잡이 써나가신 울아버지는

어쎄하야 오날밤도 **안**이오시나

잠든나무숲

玄東濂

그늘밋헤
콜콜콜
잠든나무숲

송악산
싹대기에
해가집니다

산새가 격정스레
재줄그려도

단잠에
취한꿈은
참아못섀요

나무숲이
어린이
잠이복이지

고생사리
닛고서
잠이복이지

그늘속
장자리에
꿈이만이면

압흔서름
누구리
더려주리요.

209

음　록

金　鍾　奉

가든여름 쏘다시 도라오면은
산파들에 초목들 록음짓고요
록음속 너훌너훌 바람불니면
욱어진 동산수풀 춤을춤니다

가든여름 쏘다시 도라오면은
뭉굴뭉굴 저언덕 시원하고요
장막속에 쐬쐬리 노래불으면
수양버들 한들한들 춤을춤니다

새 새 리

샘 늘

새새리 새새리
가지가지 안저서
노랑새새리
노래부른다

새새리 새새리
날고새고 춤추고
작은새새티
노래부른다

한마리 두마리
쎄마리 네마리

새새리가 네마리
노래부른다

꽃 름 구

一 成 姜

피엿네　　　하얀꽃　　　내리네　　　향긔롭고

피엿네　　　검은꽃　　　내려네　　　빗고은

구틈꽃이　　당금당금　　가는비가　　꽃을차저

피엿네　　　　　　　　　내리네　　　내리네

피엿네

한 울

李 大 容

누가누가
푸른한울
크다고햇노

버들닙히
바람불어
너울그릴쌘

닙사이로
음즉이는
적은한울을

누가누가
푸른한울
크다고햇노

누가누가
푸른한울
놉다고햇노

나무하러
뒷동산에
올나만가면

이손으로
움켜잡을
나즌한울을

누가누가
푸른한울
놉다고햇노

물   냇

曙 春 馬

흘너가는 냇물을 내가보닛가
나와갓혼 얼골이 쑥내미누나

반가워서 싱긋이 우섯드니야
물속사람 동다라 벙긋웃누나

출넝출넝 쏫업시 가논 냇물을
흠내쟁이 쌔쟁이 물할머니다

소곰쟁이

韓晶東

장포밧못가운대
소곰쟁이는

「가나다라마바사」
쓰며노누나

쓰기는쓰지만두
바람이불어
소곰쟁이는

씨워지간하지만
소곰쟁이는

나승도내지안코
쌩쌩돌면서

「가나다라마바사」
쓰며노누나

녀름

金永壽

랄배종	랄쓸새	랄마쿵	랄나도
랄싸달	랄베섀	랄실덩	랄리라
랄는이	랄든가	랄간쿵	랄곳지

녀색하	그머우	그누방	그메캐
름시날	러기슳루	러기나아	러기솃려
이가서	에은루	에는가	에이간

다노재	녀어물	녀웨춤	너윈보
리래졶넘ㅅ	름델커	름안올	름일구
온를고	이갓드	이올추	이인미
다하	지나는	지샤는	지가속
오면요	요요데	요요데	요요에

해바라기

洪蘭坡

울밋헤난 해바라기는데

씨색린이 업다는

절로나고 절로자라

내키보다 더킷서요

둥근얼골 얼근얼골웃고

해만쓰면 색시처럼돌고

쇠집가는 해만지면 숙으려오

217

래노의수장무

俊 仁 崔

배하무무	어일무무	겨행무무	겨행무무
우로드드	제본드드	우낭드드	우낭드드
고에령령	도집령령	내방령텅	내방령령

십새팔무	울애팔무	곮웃팔무	알살파무
혼셰어드	든보어드	는목어드	른닙러드
걸틀야령	걸기야령	걸에야령	걸에야령

엇다책무	엇어실무	엇우쌀무	엇우병무
지곪올드	지린음드	지리올드	지리올드
합도사령	합누놋뎡	함아사령	함어곳령
니라지사	니나치사	니버지사	니머치사
가도요료	가가요료	가지요료	가니죠료

각 생 마엄

重 石 尹

어머니 그릴쌔면 언제나 혼자

뒷 동 산 뫼에안저 우럿습니다

◇

무덤에난 패랑이 꽃닙을 써서

한닙두닙 흣치면서 우럿습니다

소 지 엄

宋 順 鎰

어엽불사 송아지 굴네업는 몸이라

마음대로 뛰고저 풀밧헤서 놀것만

쌔불쌔불 논쑥길 길이를가 저퍼서 매―매

집울실은 엄마는 도라보며 매―매

어엽불사 송아지 쎠오는달 반기여

자박자박 거닐며 쓸가에서 놀것만

작난숸이 동리애 희롱할가 지퍼서

여물먹는 엄마는 내다보며 매―매

거미줄

宋完淳

쳐마밋헤 거미가 그물을 친다
날나드는 잡자리 줄에걸이면
잡아서 색기줄나 그물을 친다

쳐마밋헤 거미가 은실느린다
아츰에는 구슬이 쏘귀여지면
제색기 목에걸어 줄러고친다

쳐마밋헤 거미가 줄올느린다
달밤에 지렁이가 노래하며는
줄라며 재조하러 줄올느린다

수 레

崔 昌 化

동근달님 따다가 박휘만물고

쌀기넝쿨 것어서 채를휘이고

맷둑이를 다려다 말을삼어서

우리애기 태우고 노러갈가요

동리의원

金貴環

우리동리 차돌이
의원이라요
동리안에 일홈난
외원이라요

◇

동리애들 병나면
솔닙침 놋코
약한봉지 써주면
당장나어요

◇

압담밋해 흙파서
가루약지여
풀닙파리 싸다가
싸서주어요

◇

동리애들 병나면
솔닙침 놋코
약한봉지 써주면
당장나어요

경구울서리아병

宋 完 淳

애조뵈	발썰암	병안서	쌀어병
개곰느	틧어만	야히울	은미아
애 냐	굽젓해	리안	복동리
개만?	지든도	는히이	울에가
저덕안	도병서	등안보이느	느을서
것놉뵈흐거	두아울	에뵈	러나울
봐면든	고리은	서요냐	어가이
쏘잘나	기쏘보	쓱아재	기비보
써뵈려	웃올고	써조미	웃틀고
러겟오	거나십	러안잇	거거십
젓서너	린가든	·젓뵈느	린리허
다요라	다서지	다요냐	다며서

새 미 어

鎭 文 張

너머가는
저녁해에
어미새들은

어린아가 너
집에서
기다린다고

쌀나날너
집으로
도라감니다

하로종일
그립든
엄마아가가

서로조와
하는 길든
보고가려고

저녁해가
서산에
기다림니다

225

兄　弟

金　尙　浩

장쇄굿해 제비형데
지지배배 노래하고

엄마품에 조잘조잘
병아리형데 속삭이고

솟밧우에 팔랑팔랑
나븨형제 춤을추고

뜰가에는 우리형제
이려저리 뛰고노네

물ㅅ새

許三峯

자고나도 쏘바다 래일도바다

푸른물결 우에만 쓸쓸이도는

가엽슨 물새는 어데서자나

웃도업는 바다를 단니는배의

바람머지 돗머리를 집으로알고

엄마업눈 물새는 싸러단여요

잘가거라

李元壽

수남아 순아야 잘―가거라

압바싸려 북간도 가는동무야

멀―니 가다가다 도라다보고

잘잇거라 손짓하며 우는순아야

이제가면 언제오나 눈물이나서

아튼아튼 고개길도 안보이누나

색국새 슬피우는 산길넘어서

수남아 순아야 잘―가거라

하로에멋번이나

ㅂ 孤 松

철숙밋해 좁은길에 아해들이서

연귀쌉고 가는기차 바라고셧네

하나는 지개지고 헌옷을닙고

하나는 팔장씨고 신발도벗고

아버지 일본보낸 형제가보다

어머니 품파러다 사는가보다

하로에 멋번이나 저기차보고

아버지 오실날을 바란다드냐

거 울

金 炳 昊

동리집 애기가 거울을보고
생긋생긋 웃으며 손질하지요
아가야 아가야 불으면서도
그 애기가 젠줄은 몰나보지요

그것이 누구냐고 물어보면은
손울 들어 거울애가 싸릴나지요
우리들이 · 허허허 웃고잇스면
노래하며 춤추며 도라서지요

가난한 우리집이 이래보여도
어린애기 안처놋코 웃을째만은
저녁거리 걱정쌔지 이저버리고
거울애기 쏠내서 쌀쌀쌀웃소

진달네

배 孤 松

산빗탈
양달에도
봄이왓다고

진달네
보라꼿이
피어납니다

나무순
점심밥도
양지쪽에서

진달네
향내밋헤
열니임니다

봄의 노래

韓晶東

둘찬제비 저제비 넘노는멋에

실버들도 홍겨워 흐느작이고

노랑나븨 범나븨 춤추는멋에

늙어서도 할미꼿 우서보이고

가는바람 솔바람 아양진멋에

나불나불 잔물결 소길처맛네

장자장자야가아

尹石重

아가야
착한아가
잠잘자거라

잠안자고
칭얼칭얼
우는애들은

카장다리
호인들이
등에엽이간단다

이가야
착한아가
잠잘자거라

길을일혼
잠자리가
풀닙에안저

초저녁
바람결에
엄마쏨을순단다

아가야
착한아가
잠잘자거라

해바리기
새악씨가
맴을돌다가

쏙도리를
쓴채로
간들간들존단다

봄날의선물

金南柱

할미꽃 싸가지고 하관이하낫

누님아 싀집갈째 쓰고가세요

버들가지 썩거서 피리가두개

형님아 장원해서 잡히고오세요

별 님

鄭 赤 兒

금은밤에　하늘에　별님이쌘쌕

반듸불의　불갓티　쌘─쌕쌕

반딋불　칩다고　하늘에가서

이한밤　불켜고　노라대는지

금음밤에　한울에　별님이쌘쌕

바닷가　등대갓터　쌔─ㄴ작쌘작

달님배가　써오면　고히가라구

이한밤에　불켜고　기다리는지

봄 비

金泰午

은실갓튼 가느단 이슬봄비가
소리업시 조용히 나려와서는
어엽부게 우며논 할미꼿속에
솟곱질을 하는것 나는 봄니다

은실갓튼 가느단 이슬봄비가
보슬보슬 조용히 나려오니새
파릇파릇 금잔듸 새삭나구요
나어린 동무들은 조와합니다

은실갓튼 가느단 이슬봄비가
봄바람에 살금살금 나려오닛가
압냇가 실버들은 조화라구요
한들한들 하안들 춤을춤니다

할미꽃

春齋

뒷동산 언덕밋헤
허리굽은 할미꽃이
아름답게 단장하고
젊엇다고 자랑해요

노축쟁이 할미꽃이
늙은이는 접잔타고
젊은 허리 쑤부리고
늙엇다고 자랑해요

237

봄 바 다

蘇 瑢 叟

푸른바다 고요히 소리도업시

한들한들 봄바람 지나갑니다

금모래 옥모래 고요히잡든

힌언덕 적은언덕 쌘―쌕쌘쌕

언니는 어기여차 나는노젓고

적은물결 박장맛처 찰삭거려요

흔들흔들 적은배 춤을추고요

「곤도라」 우리배 써나갑니다

봄바람

李元壽

보들보들 봄바람이 불어옵니다

남쪽들판 어린보리 머리면지며

봄바람엔 제비들도 안겨오고요

나무순에 봄노래도 타고옵니다

복사꽃핀 건는말에 닭이쇠기요

버들숲헨 피리소리 흔들닙니다

병든애도 봄바람엔 머리날니며

햇빗바른 잔듸에서 웃고놉니다

239

은어잡이아저씨

崔青谷

령남루의압강은　남천강인데

밀양이자랑할건　령남루야요

배하나배둘모와　다리를놋코

조고마한밀양은　자라남니다

밥나라의남천강　밝고밝은대

배다리에서잇는　어린나그네

은어잡이아저씨　불으면서요

배다리를혼들며　즐겨합니다

갈닙피리

韓晶東

혼자서 놀을내니
갑갑하여서

갈닙으로 피리를
부러보앗소

보이야 한울에는
종달새들이

봄날이 조와라고
노래불너요

내가부는 피리는
갈닙에피리

어듸어듸 싸지나
들니울세요

어머니 가신나라
멀고먼나라

거기세지 들닌다면
조흘텐데요

봄 바 람

石 順 鳳

봄바람은 살랑살랑 작난군이죠

누나와 둘이서 양지쪽에서

각시노리 하면서 노누라면은

가분가분 샘을치고 달아나지요

봄바람은 쌀랑쌀랑 재간바지죠

연못속에 쌈방쌈방 목욕하다는

어느사이 버드나무 가지에올나

살근살근 실가지를 흔들어보죠

봄 비

金炳昊

울 밋헤 짓거리는 뱅아리처름

보실보실 속살거려 비가옵니다

젓먹고 자라나는 얼인애처름

원생이 촉촉하게 이비마지면

쏫치쏫치 방긋방긋 피여나라라

새노래에 맛축어 나븨춤추며

간난한 조선에도 봄은 오리라

243

봄

韓 晶 東

낫해부러 간질랑 봄바람이지
어린누이 플뜻어 세간놈니다

◇

돗단배 간들간들 졸며감니다
먼갯속에 아지랑 봄햇벗이지

◇

가는가지 파르랑 봄버들이지
쇠새리 오소오소 손을침니다

어머니 기다리는 밤

馬 霞 山

초열흘밤 쪼각달이 기우러저도
공장가신 울어머니 오지안어요
우리아가 배곱하서 앙앙우넌데
고무공장 미운공장 밤일싸하나

◇

일혼새벽 점심밥을 싸서들고서
저녁고등 쉬―하면 오신다더니
공무공장 큰굴―쑥은 거짓말하지
고등은쎠 울녀놋코 내만피우나

◇

우리아가 울든아가 꿈나라가고
웃마울에 놀든애들 헤저가는메
새벽날에 공장가신 우리어머니
셔쪽산에 달이저도 웨안오시나

뻐국새

李承億

뻐국뻐국 뻐국새
이들판에 울음울새면
보리는 무루니고요

뻐국뻐국 뻐국새
이들판에 울음선칠샌
보리는 겨두운다오

달 팽 이

金 長 連

달ー달 달·팽이 집이조타고

두눈을 갸웃갸웃 자랑하면서

달ー달 말너서는 집에들고요

달ー달 풀너서는 쏘나옵니다

달ー달 딸팽이 집이엽버서

이리갸웃 저려갸웃 업고단니면

달ー달 말너서는 집에들고요

달ー달 풀너서는 쏘나옵니다

247

도는것

崔鎭弼

바람에
◇ㅡ◇
도는것은
바람개비

댓가에
◇ㅡ◇
도는것은
물내방아

채썩에
◇ㅡ◇
도는것은
팽이지만

고초먹고
◇ㅡ◇
도는것은
뒷집애기

알　닭

劉　道　順

우리집의
한암닭
알을나엇네

코도눈도
다엽는
두루뭉수리

시집온지
넉달에
열형제낫코

쎄대쎄대
붓그러
우름움니다

어정어정
마당귀
도라단니든

아버지의
숫닭이
폭을쎼부며

코도눈도
다엽는
뭉실이라도

걱정마라
쎄기요
위로합니다

봄노래

鄭寅爕

보리밧헤 종달새 노래부르니
달내캐든 누나가 하늘을보네
어ㅣ대서 오라는지 보이지안코
노랑나빅 한마리 나르고잇네

뒷산에는 쎄ㅅ리 봄노래하니
나무하든 내동생 한숨을쉬네
진달내 쎗방망이 맨드러쥐고
푸른무덥 두다리며 울음을우네

동생아 누나하고 나븨틀써라
강건너 버들가지 썩그러가지
피리불며 쎗방맹이 두다려보면
봄물우에 아늘아늘 어머님뵈네

돌아오는배

金水鄉

해저무는
봄바다에
돗단배하나

간들간들
바람싣고
밀너들오네

×

둘건너간
우리옵바
타고오는가

너울너울
갈맥이가
마중나가네

251

쌀 되 지

尹 石 重

붓두막에 글거논 누룽갱이를
들낙날낙 다먹고 도망가지요
육십쟁이 우리옵바 쌀。되지!

설탕봉지 일부러 쏫설르고서
엉금엉금 기면서 할터먹지요
울기쟁이 우리옵바 쌀·되지!

보글보글 잘설는 씨개국물을
씽긋씽긋 열변식 맛을보지요
십술쟁이 우리옵바 쌀·되지!

버들개지

金雄烈

금실가튼 봄비에 고히자라난

은빗털 반작이눈 버들개ㅣ지

귀엽기도 귀여워 써다가서는

돗자리에 놋코서 하도귀여워

돗자리를 두다리며 불넛떠니만

혹혹혹혹 쒹여서 내압헤와요

兄　弟　별

方　定　煥

날저으는　한울에　별이 三兄弟

반싹반싹　정답게　지내이드니

×

원일인지　별하나　보이지안코

남은별이　둘이서　눈물흘닌다

봄　물

쌕국새는　어듸서　쌕국쌕국

개고리　울음이　신엿다이엿다

밤　새

산넘어　돌우에서　밧갈든농부

오막집　찬방에서　코를곱니다

오양간에　황소도　단꿈을꿀쌔

야속하게　이밤은　새여감니다

말 탄 놈도 샛떡
소 탄 놈도 떡떡

金 水 鄕

북촌북촌 나무장사 마음도낫버
나무팔아 집에올쌔 말라고오지

　　말란 놈도 샛쩍
　　소란 놈도 샛쩍

이라이라 젊은농부 마음도낫버
밀밧갈고 도라올쌔 소라고오지

　　말란 놈도 쌧쩍
　　소란 놈도 쌧쩍

봄 비

朴 露 兒

봄에오는 이슬비는
나래저즌 참새형제
샛봉우리 방울방울

봄에오는 이슬비는
나래저즌 참새형제 썰고잇서도
샛봉우리 방울방울 샛물먹어요

봄에오는 이슬비는 눈쓰는비요
냇가에서 졸고섯는 장님버들에
천개만개 파랑눈이 웃는담니다

257

야 비 제

東 晶 韓

사랑하는제비야
봄바람불면

바다천리물천리
넘나라오렴

물차는봄을보소
부럽지안소

압숙의수양버들
느러진가지

버들에눈도트네
논둑도찻네

봄이란두번업네
제비야오렴

할미쏫

尹 克 榮

뒷동산에　할미쏫　가시돗은　한미쏫

짝날쌔에　늙엇나　호호백발　할미쏫

천만가지　쏫중에　두손쏫이　못되어

가시돗고　등곱은　할미쏫이　되엿나

하하하하　우습다　쪼불아진　할미쏫

젊어서도　할미쏫　늙어서도　할미쏫

259

봄 동 산

春 齋

봄바람에 사르르 눈쓴동산에
은실갓흔 아즈랑이 우슴웃피면
종달새 포롱포롱 하날쩌올나
봄동산이 조화라고 노래부른다

보슬보슬 봄비에 솟피인동산
톡기하나 노곤히 잠든양지에
신냉이 달냉이 풋나물캐는
쌝안치마 아가씨들 나븨쏫는다

봄 편 지

徐 德 出

연못가에 새로 핀
버들닙을 싸서요
우표한장 붓처서
강남으로 보내면

◇

작년에간 제비가
푸른편지 보고서
조선봄이 그리워
다시차저 옵니다

초생달

朴愛筍

초생달 저달님 허리압허서
압남산 그우에서 '쉬고잇서요
개수나무 집팽이 어데다두고
빈손으로 그처럼 고생하나요

◇

멀고긴 서편길 언제간니가
하눌가엔 별돌도 잠자랴해요
집팽이 업다고 쉬지만말고
하얀구름 타고서 어서가세요

굴 사 서 지

趙 宗 汝

언니써라 강변서 굴울쌀쩨면
가마귀도 굴싸우 울음웁니다
구벅구벅 내압헤 절을하면서
굴한타래 달나고 울음웁니다

굴한타래 주기야 어려우랴만
해는지고 물들면 헛걸음치기
병든어맘 모시고 내할일이냐
어느뉘가 쌀한줌 보태주겟네

비 나 벌

東 晶 韓

나비나비 벌나비 너어대가니
뒷마을은 아직도 칩다드라야

나비나비 벌나비 이리오너라
우리밧헨 장배기 잔득펫단다

장배기꽃 밧헤서 춤추며노자
춤추다 실커들낭 안저서노자

봄이온다고

高三悅

대동강 어름장이·봄이온다고
머리를 맛대고서 흘너를가네

릉라도 수양버들 한들거리며
어름장 잘가라고 손짓을하네

우 숨

李 元 壽

햇님의 　우슴은　 쌋쓷한우슴

어머니 　우슴은　 고요한우슴

우리누의 　우슴은　 초생달우슴

그보다도　 새쌁안 　어린애우슴

조고만 　수래에 　곱게실어서

멀니간 　동모에게 　보낼남니다

종달새

全德仁

비비배배

진달네솟
매화솟
피여지라고

비비배배
비배배
종달새들이

푸른하날
놉히써
노래부르네

비배배
비배배
비비비배배

노랑나븨
범나븨
날어오라고

비비배배
비배배
비비비배배

두날개로
세불세불
부르고잇네

봄

喆 利 徐

샛이피고 종달새 노래하고요

나븨나븨 춤추는 평화론봄이

놉흔산과 들에도 바다가에도

동쪽나라 조선을 차저옴니다

복숭아샛 살구샛 진달네샛을

가지가지 어엽비 피여주랴고

쇠쓀아기 다리고 평화론봄이

동쪽나라 조선을 차저옴니다

바람

金德煥

바람은 솔 솔 솔 솔포기사이로
적은새 울음싯고 지나가지요

바람은 바삭바삭 보리새헷치고
종달새 노래싯고 지나가지요

바람은 고요히 내마음싯고
어릴새 놀던새를 차저감니다

빡안조희
파랑조희

尹福鎭

아잠빡파	파빡고글	자착빡파	파빡고글
장잘앙랑	랑앙흔방	장한앙랑	랑앙흔방
아자빡파	죠죠죠옵	자애빡파	죠죠죠옵
장는앙랑	회회희바	장기안랑	회회희바
걸울죠죠	착착두벼	잘울이요	착착두벼
길애희희	ㅣㅣ장루	자애죠죠	ㅣㅣ장루
째기는는	착착올집	게기희희	착착올집
넙귀바저	무무어날	다잠새파	무무엇날
혀연지고	엇엇덧너	려자롱랑	엇엇덧너
둘애접러	접접습다	둘는점새	접접습다
가기어접	올올니주	가방어접	올올니주
요가서고	가가다고	요에서고	가가다고

한 식 날

孫應南

쌔쌔쌔—
마을닭
새벽고할쌔

등잔불을
도두고
나는이러나

솟대바지
저고리
가라입고요

압바하고
둘이서서
차레지냇소

봄바람
살낭살낭
나붓기는데

과실찰쩍
채려서서
산소를가니

할머님
모우에는
어린풀들이

반가워
한들한들
춤을춤니다

어슬어슬
컴컴한
밤이되여서

우리우리
춤추며
노래하면은

하날에
별아씨도
명절이란뜻

즐거워
방글방글
웃고잇서요

버들피리

李 璟 魯

네피리가 날날날 소리나닛가
내피리두 날날날 소리나누나

네피리와 내피리 한새부닛가
쌍피리가 되여서 듯기가좃타

우리들이 만드른 버들피리는
고흔소리 날날날 잘두나누나

종달새

金昌臣

빌—
빌—
동편 산에
붉은 햇님
빌— 빌—
아참하날

비리배배
비리배배
마지하려는
써울으는
비리배배
종달새

노래 불으며
써올음니다

빌—
빌—
놉고 넓은
마음대로
빌— 빌—
보리밧해

비리배배
비리배배
저 하늘에
쒸놀고저
비리배배
종달새

노래 불으며
써올음니다

273

봄 의 향 고

壽 元 李

나의살던 고향은 옷피는 산골
복송아옷 살구옷 애기진달네
옮읏붉읏 옷대궐 차리인동산
그속에서 놀던째가 그립습니다

옷―동리 새동리 나의옛고향
파―란들 남쪽에서 바람이불면
냇―가에 수양버들 춤추는동리
그속에서 놀든째가 그립습니다

산넘어 저쪽

洛　芝

산넘어　저쪽에는　누가사나?

썩국이　고개우에서　한나절 우롬운다

산넘어　저쪽에는　누가사나?

철나무　치는소리만　서로바더 써르랑

산넘어　저쪽에는　누가사나?

늘오든　바늘장수도　봄돌며 아니오네

봄 노 래

朴白空

종달새 한울놉히 지절거리니
쌍우에 봄노래가 울녀옵니다

봄바람 버들가지 간질거리니
시냇물 졸졸졸 춤을춤니다

보슬비 금잔듸에 살살펴노니
파란엄 피미곡에 저절노트네

어엽븐 새악씨들 나물캐라니
향긔론 꼿송이가 노래불너요

봄 마지

韓 晶 東

군데군데 남은 눈 햇득이것만
반작이는 햇빗에 써스한맛은
어제그제 극그제 오늘도그낭
종달이가 쓸만한 봄날새모다

◇

해바른 건너동리 버들동에는
보이야니 양귀도 움지기는데
버들동 새여오는 낫닭의소래
기일게 한가하게 봄날새로다

277

참새

尹福鎭

살구꼿 우스면 봄이온다고
참새가 쌕쌕쌕 노래하지만
복사꼿 다지면 봄이간다고
참새가 쌕쌕쌕 슯허운다오

目次

【目次終】

——次 目——

目次

—次 目—

目次

目 次

――目 次――

———目 次———

目 次

287

目 次

——(序)——

近來우리朝鮮에도 新童謠運動이 날로일어나고써라서 童謠의意識이 一般的으로 普及하여가는것은 매우 깃버할現象임니다

그러나 날로新興하여가는 새童謠의 形式이 量的質로써 오히려 貧弱한恨이업지못하야 자못純全한어린이의 心情을 가장아름답게 키워줄만한 利로로운童謠를 發見하기어렵슴니다

編者는 여긔에만은 굿김을가지고 우리어린이들에게 좀더 어엽부고有益한 참된童謠를 부러주기爲하야 畏濫하나마 여러文士諸氏의 가장새로운作品을 蒐集하야 삼가 이冊을 싸내은것임니다

그러나 都是編者의 努力이 微弱한닷으로써 한갓볼만한點이 적지안싸오나 이冊이 우리여러동무들에게 조곰이라도 도음이된다면 編者로써는 더할수업는 榮光이라하겟슴니다

一九三一年

平原에서

編者

──(序)──

우리朝鮮에 新童謠運動이 니러난지임이 오랫다 이만하면

在來의 모든作品을 整理해볼必要도 업지안타고생각하던차에

나의사랑하는 金君의努力으로「朝鮮新童謠選集」을 새로히

만든다는말을듯자 나는두손을들어 이에贊意를表하는바이다

이것이야말로 時期에가장得宜한것이라고 밋는同時에 오

날우리朝鮮의어린이들이불으고 노래할만한것이라고 推獎하

야마지안는다

一九三一年

研樂會에서

洪 蘭 坡

── (序) ──

親愛하는어린同志여!

우리들세상에 가장크고偉大하고 價値잇는收獲이生겻스니

그것은 基柱君의努力으로된 「朝鮮新童謠選集」임니다 우

리들朝鮮에서 가장돔은事業이라 期待에期待를거듭한것은

누구를勿論하고 다─갓흘것임니다

童謠作家가안이고 단지童謠를질기는筆者가 期待하야 즐

겨햇슴에 여러어린同志들은 더욱손곱아 刊行되기를苦待

해슬것으로生각합니다

하갓 이이選集이誠과熱로써어진것이라 더욱그受苦에感謝

함을마지안으며 멧줄적어序文으로삼고 귀여운이「朝鮮新

童謠選集」을 江湖의수만은 어린同志에겐 親히推薦하야

마지안습니다

一九三一年

京城에서 崔 靑 谷

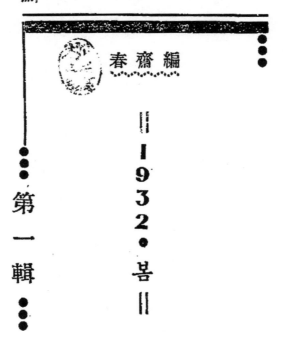

朝鮮 新童謠選集

春齋編

= 1932 ● 봄 =

第一輯

平壤・東光書店・發行

春齋 金 基 柱 編

第 一 輯